まほろば夢譚

鶴岡一生

コスモの本

まほろば夢譚

鶴岡 一生

目次

春

春眠……010
滴る……012
雨蛙……014
仏頂面……016
化生……018
腕時計……020
昼の闇……022
仇……024
美美須……026
山葵……028
冒険……030
観念……032
山桜……034
春雷……036
散歩……038
囀り……040
小糠雨……042
かけくらべ……044
早春賦……046
薫風……048
値千金……050
でろり……052
有耶無耶……054
赤い月……056
藝術……058

夏

花火 062
金輪際 064
焱 066
童心 068
地力 070
雨後 072
年季 074
岩魚 076
影法師 078
夏野 080
朝霧 082
発見 084
虹 086
蚊帳 088
閑古鳥 090
墓場 092
未来 094
山椒魚 096
葩 098
視線 100
大紫 102
淵 104
こころ 106
紫陽花 108
微睡み 110

秋

栗鼠 114
月の夜 116
隠れる 118
華 120
またぞろ 122
何処へ 124
夜明け 126
御神木 128
怪鳥 130
尻尾 132
山門 134
風の道 136
月あかり 138
燻し銀 140
疑心 142
妙味 144
捨てる 146
珠 148
秋の森 150
月の季節 152
名人 154
森閑 156
御菜 158
山の神 160
気配 162

冬

凍雪 166
薄氷 168
音楽 170
頓馬 172
葦原 174
白と黒 176
月の顔 178
冥い夜 180
雪 182
貧乏籤 184
旧交 186
雪月夜 188
初空 190
黙雷 192
狂い花 194
白い谷 196
氷柱 198
猪鍋 200
白銀 202
命 204
わた雪 206
決心 208
天気予報 210
昼の月 212
言霊 214

無季

邪気 218
悪戯 220
帰郷 222
傷 224
逃走 226
判決 228
憂い 230
幸福 232
壁 234
日蝕 236
片目 238
血統 240
熱狂 242
善かれ 244
太平 246
古靴 248
電報 250
内緒 252
さかさ 254
五十億年 256
盥 258
心算 260
穴 262
玄境 264
六文銭 266
あとがき 270

写真／深沢次郎
挿絵／海老原拓夫
装丁・組版／村上顕一

春

まほろば夢譚

春眠

なんたる美しさだろう。

若い芽が萌《きざ》した山の斜面に、薄っぺらい雲を透かした光りが降りそそぎ、ことさら照って新緑の泡立つあたりには、東西に曳《ひ》く稜線がゆったりとかさなって杳《はる》かな谷を刻み、それでいて全体はこちらへと迫りつつむくむくと膨らんで、まるでいきもののごとく呼吸《いき》をしている。

男は、土手に腰かけたなり、眼前の山の景色に見惚《みほ》れていたが、やがてスケッチブックと絵筆を抛《ほう》りだすと、その場へ寝転んだ。春の匂やかな風が男の鼻先を掠め、男は次第に眠りへと落ちてゆく……。

――土手の向こうから誰か来る。

――少女らしい。

男には、こちらへと近づいてくるその少女の姿が、夢だか現実だか判然《はっきり》しない。微睡《まどろ》みのあまりの心地よさに、男は、覚醒と睡眠とのあいまいな境から逃れられないでいた。

土手の原に顔を落としていた少女が、男に気付いて立ち止まった。

男は、一瞬、少女の気配を頭のうしろに感じたが、強い眠気にとうてい抗えず、眠りの底へと沈んでいった……。

「じゃあ、絵は描いて来なかったの？」

「ああ」男が妻に返事した。「山があんまり素敵だったもんでな」

「素敵なら描けばいいじゃない」

「まあそうなんだが……」

「で、これがおみやげってわけ？」

妻がテーブルを見た。テーブルの上には男が持ち帰った土筆《つくし》がどっさりと置いてある。

「とんだ絵描きさんね」

妻が笑った。

「こんどは描いてくるよ」

男はそれきり黙って、少女のことは話さなかった。

妻に話してみたところで、じぶんでもはっきりしないのだから、分かろうはずもない。ましてや、目覚めたら頭のうしろに大量の土筆が綺麗に並べてあったなどと……。

男は、食事の準備をする妻をよそに、ひとり静かに和室へ入った。そうして、仏壇の前に座すと、賑《にぎ》やかな供物台の上に置かれた遺影を覗き込んだ。

額の中では、土筆を採るのが大好きだった娘が、幼いころの面影を残した笑顔をこちらへと向けている。

滴る

山の高まりに光りがさし、谷に眠りこけていた冷気が目を覚まして動きだすと、微細な水滴が生まれて山塊《さんかい》の容貌《かお》を潤す。その霧をまとった山を眺めながら深呼吸すれば、じぶんにしたところで、鱗苔《こけ》や草木や山と同じように自然の幾分かにすぎず、ようやく生かしてもらっているのだということが胸に落ちる。


朝の霧は動きが疾《はや》い。

霧は、見る間に山を奔《か》けおりて谷を這い、聚落《むら》をすっぽりと蔽《おお》って四辺《あたり》いっさいが白くなった。むろん、じぶんも白い。霧が頬を冷たく撫ぜ、それは透きとおるような心地良さで、次第にじぶんと融け合ってゆく。やがて、じぶんは霧に倣《なら》い、水の粒へともどった。

霧と同化するのは、なんら難しいことではなかった。そもそも、にんげんを含めたありとあらゆる物の一切合切《いっさいがっさい》が、粒の集まりから成っており、そのちがいといえば、集まりの濃淡であるにすぎないのだから、つまりは、元の姿に還《かえ》ったまでのことだ。

それで、霧に包まれて粒にもどったじぶんは、まず足元の土塊《つちくれ》を湿らして、次に大地を濡らした。そうして、ゆっくりと時間をかけ、地中深くへと沈んでいった。

十年、二十年、時間は水のごとく流れ、じぶんも流転した。

五十年後、地層の間《あわい》に水脈《みお》を見つけたじぶんは、それへ流れ落ちた。

それから、どれほどの春秋が過ぎたであろう。茫漠とした時間の中を、じぶんは流れつづけた。百年はうつろうた気がする。いや、二百年さえとうに過ぎたやも知れぬ。ともかくも、悠久の流れを流れ流れて行き着いた先は、巨大な巌《いわお》の壁であった。その裂け目から光りが漏れているのを見つけたじぶんは、恐る恐るそれへ近づいた。わずかな光線ではあるが、眩暈《めまい》するほどまぶしく感じられる。その明るさがじぶんをつよく魅きつけた。幾星霜《いくせいそう》を経てここまで流れてきたのだ。ままよ、とじぶんは光りに吸い寄せられるようにして、その裂け目へと浸みていった。


じぶんは、屹《き》り立った崖のおもてへ出た。

一滴の湧水となったじぶんに、木漏れ陽が射した。その煌《きら》めく光りに思わず目が眩《くら》んだじぶんは、平衡を失い、滴《したた》った。

落下しながら、じぶんは、崖に垂れて生える木木の、水水しい新緑の枝葉の間隙に、深く青い空を見た。空を限って聳《そび》える山を見た。そうして、山には今日もやっぱり白い霧が罩《こ》めていた。

あの霧になりたいと思いながら、じぶんは、屹り立った崖を耀きながら落ちていった。

雨蛙

雨蛙が大きな庭石の上でじっとしている。少女が、そのそばへ尻を落として雨蛙を見つめている。雨蛙は、ひんやりとした石の上に座ったまま、静かに咽喉《のど》をふるわせている。少女は、雨蛙が何を想っているのか、どうしても知りたい。知りたいから、観察している。雨はまだ降らない。父親は、居間でひとりテレビを観ている。母親は、台所に立って昼食の仕度をしながら、それでもテレビの音声にはしっかりと耳を傾けている。テレビはこのところずっと同じ悲劇ばかりを伝えていた。悲劇は、それが苛烈であればあるほど、現実感を薄らげ、想像力を奪う。

風が立った。

清新なあさみどりの芽を吹いた向こう山の落葉松林《からまつばやし》が、ゆさゆさと揺《うご》く。

鳥が声を千切りながら少女の頭の上を飛んでいく。

陽に暈《かぶ》さった雲が、光りを遮り、林に翳《かげ》を落とす。

鳥はまっすぐに飛んで、そのまま林へと消える。

雲が流れて、落葉松林にふたたび光りが射す。

石の上で雨蛙が咽喉を膨らませる。

雨蛙がひとつ鳴いた。少女は、驚いて目を見開いた。咽喉はすぐに萎《しぼ》み、雨蛙はそれきり黙ってしまった。だが、雨蛙の想いは、これで少女へと知れた。つまるところ、雨蛙は雨にうたれていたのだ。雨蛙は想像上の雨にじっとうたれつづけ、気持ちよくなって、思わず鳴いたにちがいない、と少女は想った。じっさい、雨蛙の声は、それくらい気持ちよさそうに響いた。

お昼よ、と母親の声がした。少女が顔を上げる。陽の光りが少女の顔をまともに照らした。少女は、まぶしそうにしながら、サンダルを脱いで部屋に上がった。

テレビは、あいかわらず、ありとあらゆるものが汚《けが》されるであろう、と伝えていた。少女は、父親の背中ごしにその画面を覗き込んで、光りも汚《よご》れるのかな、と訝《いぶか》った。

ふたたび、風が立った。

風は南寄りに強く吹いて、窓の向こうに見える落葉松林の木末《こずえ》が、さーっといっせいに揺れた。少女は、そのようすを部屋の中から眺め、聴こえるはずのない風に揺れる林の音を聴いた気がした。それは、風が吹き抜けるように、少女の耳の中をたしかに心地よく響いた。

光りが窓から差し込んで、三人の食卓を明るく照らしている。

雨蛙が庭先でまたひと声鳴いた。

少女が食事をしながら庭をちらと見る。

雨はまだ降らない。

だが近いうち、雨は降りだすにちがいない。

仏頂面

勝次はこのところ朝から一日薪を割って暮らしていた。薪の山は、勝次の背より高くなったが、それでも今日も薪は割られつづけ、割れた薪は山の頂きへと抛《ほう》り上げられた。

欅の硬い根株の台の上へ、玉伐りされた薪を立てる。右足を前へ出し、しっかりと腰を据えて構えると、年輪の刻まれた木口《こぐち》を睨みつけながら、ゆっくりと斧を頭の上へ振りかぶる。そうして、斧の柄を握る勝次の両の手首がその頭上に達するやいなや、斧は素早く振り下ろされ、斧刃が木口の中心から手前にかけた正中線へと精確に喰い込んで、薪はきれいにふたつになる。力で割るのではない。自然に逆らわず、ただ斧刃の重さで割っているのだ。

薪を次から次へと割っていく勝次の、つなぎの作業着の捲《まく》し上げられた袖口から生える二本の腕の、陽に灼けて隆起したその筋肉にはうっすらと汗が滲んでいる。

勝次が薪割りをしている畑の奥の叢林《そうりん》からは、さかんに啼《な》きかわす鳥たちの声が響いている。空は澄んで、大気は清涼ながら、気温はわりに高く、まだ五月だというのに夏を思わせる陽気だ。汗ばんだ勝次の腕が、そのあたたかな陽に照らされ、光っている。そこへ、薪の割れる乾いた音が高らかに響く。

勝次は物いわずだ。ふだんから必要なこと以外はしゃべらない。そうして、無愛想である。い

つだって不機嫌そうな顔をしている。だからとて、気難しいというのではない。口が重く、木訥《ぼくとつ》とした話しぶりなので、はじめて接する者は、ややもすると、怒ってでもいるのかと誤解することもあるが、けっしてそうではない。なんにつけ、飾り気がないというばかりのことだ。なので、勝次がいくら仏頂面《ぶっちょうづら》をしていたとしても、聚落《むら》の者は、「野郎はそういう男だから」と理解している。また、そうした性格ゆえに、かえって皆から慕われてもいる。

それなもので、勝次の元にはいろいろと相談が持ち込まれる。口さがない連中とはちがって、勝次はつまらぬおしゃべりなどしない。だからこそ、口の堅い、頼りがいのある男として人望が厚い。

そうして、勝次のほうでも、頼りにされれば応える。もとより人の好《い》い男だから、少少無理をしてでも、できる限り力になろうとする。それで、時には痛い目にも会う。いちどならず他人の借金を肩代わりさせられたこともある。それでも、勝次は不平を吐かない。苦しいといわない。そんなときは、こうして薪を割る。薪を割って、己《おの》れをもまっぷたつにする。

今日も勝次は休むことなく黙黙と薪を割りつづけている。その薪の割れる真正直な音が山里に響いている。

勝次はあいかわらず物いわずだ。

それでいてやっぱり頼りがいのある男だ。

化生

川のほとりで飛沫《しぶき》を浴びながら若い蕗《ふき》を摘んでいるうち、山の向こうに陽が沈んだ。空はまだ明るいが、淡墨が和紙の上を滲《にじ》みながら広がるように、薄闇が四辺《あたり》をじわじわと蔽《おお》いはじめた。そろそろ帰ろうかと仕度していると、川の対岸の林でなにやら光るものがある。蛍が舞うには時期が早いし、光りは蛍のそれよりもはるかに大きい。目を凝らせば、ゆらゆらと青白く揺らめきながら燃えているのが分かった。その火のそばから歩み出てくる人影がある。歩くようすから男にちがいないと思われたが、暗くて顔までは判別できない。男は、林の奥の闇の中から歩み出て、川伝いにどこかへ行った。こちらから声をかけたところで、流れの音が邪魔をして向こう岸には届かないだろうと思われたので、じぶんは黙って男の姿を見送った。林の奥の火は、しばらく燃えていたが、そのうち遠くなって消えてしまった。

「そりゃあ、いつのこったい」

作蔵さんが怖い目をして尋ねた。

じぶんは、夕べ、川の上流で、と答えた。

作蔵さんは、「やあ」とひと呼吸おいたあと、それで分かったと、うってかわって合点《がてん》したような明るい顔になった。こちらはなんのことだかさっぱり分からない。

「やあ、それがよう」作蔵さんが笑いながらいった。「昨晩《ゆんべ》、善公が泥だらけになって家《うち》に帰《けえ》って来ただと」

「善公って」じぶんが尋ねた。「橋詰さん家《ち》の息子の善ちゃん？」

「そうさ。釣り好きの善公だわ。野郎がいつもみたく川へ釣りに行ったはいいが、竿も持たずに泥だらけになって帰《けえ》って来たそうな」

そういうと、作蔵さんは堪《こら》えられないといったふうで先にもまして大笑いした。

「いったいそれがどうしたんです？」

焦《じ》れて問うのを、作蔵さんが笑いながら説明してくれた。じぶんは黙ってそれを聞いていた。つまるところ、善ちゃんは狐に化かされたという話だった。

「なんでも、野郎は風呂へ入《へえ》ってきたと吐《ぬ》かしたそうだ。泥にまみれて風呂もねえもんだ」

作蔵さんによると、じぶんが見たあの火は狐火にちがいないそうだ。狐は人を化かすとき、口から青白い火を吐くのだという。善ちゃんは、その狐に化かされて、林の奥の沼にでも浸かったのだろうと、作蔵さんは笑った。

じぶんは、話しながらひどく笑いつづける作蔵さんを見るうち、作蔵さんもまた化生《けしょう》の者ではないかしらという気がしだして、なんだか気味が悪くなった。なので、作蔵さんの尻に尻尾《しっぽ》でも生えてやしないかと、いたずら心にそれとなく覗き込んで、思わず、息を呑んだ。

腕時計

庭の薪棚の屋根が白ろんできた朝ぼらけ、浩一は早早に家を出た。

日頃かわいがっている隣家の犬が、連れてけとばかりにせがんで吼える。用水路脇の湿った道に、昨晩の雨の匂いを嗅ぎながら、浩一はひとりずんずん歩いて、聚落《しゅうらく》の境にあるバス停を目指した。

山の頂きの残雪に陽が当たりはじめ、そこだけ朱く焼けてきた。朝一番のバスが来る時刻をたしかめるように、浩一は歩きながら腕時計を覗き込んだ。父親に借りた腕時計は、浩一にはバンドが大きすぎ、重くもあったが、一人前に時計をはめているのだという満足に、浩一の心は躍っていた。バスは予定どおりやってきた。

「おはようございます」

浩一は、頬を紅潮させ、元気よく運転手に挨拶した。

「おはよう」

運転手が応えた。バスの乗客は浩一のほかにはまだ誰もいない。

「やけに早《はえ》えでねえか。粧《めか》し込んで何処行くだ」

運転手が振り返って笑いかけた。含羞《はにか》んだ浩一の頬はますます紅くなった。

「おめえはこの四月で、何年生になるう？」

運転手が訊ねた。

「五年」

中ほどの座席に着いた浩一が、くぐもった声で面倒くさそうに答えた。

「そうかあ、もう五年生かあ」運転手が前方を見ながらいった。バスの重たい車体が唸りを上げて動き出した。「で、今日は父ちゃんは一緒じゃねえのか」

浩一はそれには応えず、聞こえぬふりをして窓の外を見た。そうして、早く誰かが乗ってきてくれればいいと思いながら、次の停留所のほうを睨んだ。

「あれかあ」運転手がつづけざまに質問した。「父ちゃん、たまには山仕事にも出よるか。まだ大酒飲みよるんか」

浩一はなおも聞こえぬふりをつづけ、苦しい時間に耐えていた。ところへ、うまい具合に乗客が乗り込んできた。運転手はようやく黙った。浩一は、ほっとして腕時計を覗き込んだ。

駅には約束の時間のかなり前に着いた。

母親はすでに待っていた。頸《くび》に巻いているスカーフの赤い色に、幼い頃に親しんだ懐かしい見覚えがあった。浩一は艶やかに頬を染めて、母親の元へと駈《か》け寄った。腕に巻いた大きめの腕時計が手首で暴れて朝の陽を弾き、誇らしげに輝いた。

昼の闇

昼間というにあたりは暗い。川の流れの音まで暗く思われる。向こうの林となるといっそう暗く、にぎやかだった鳥の声も、今は耳を峙《そばだ》てねば聞こえない。

昨日はよく降った。そのせいで川の水も増している。雨は朝方上がったが、どうやらこれからもうひと雨ありそうだ。

「なぜ？」

訊ねたのが果たしていつのことだったか、うまく思い出せない。

「なぜって……」あの日、彼はこう答えた。「雨の日はゆっくり本を読めるから」

「晴耕雨読ってわけか」じぶんが重ねて訊ねた。「で、どんなのを読むの？」

「いろいろですよ」

「たとえば」

「そうだなあ……」

そうして、彼は考え込んだ。

あのとき、考えた挙句に、彼がどんな本の名を上げたか、それも憶えていない。なんでも古い小説の類いであったように思う。

菜種梅雨《なたねづゆ》のこの時分になると、毎年、彼のことを想いだす。彼が自ら命を絶って七年になる。もし、ふたたび会えるとするならば、もういちど訊ねてみたい。

「なぜ？」

彼は有能な教師だった。それが突然職を辞して、山奥に小さな家を借り、ひとりで農の暮らしをはじめた。いろいろと苦労の多い生活であったようだが、それでも、畑で鍬《くわ》を振るう彼の姿は、実に楽しそうに見えた。その彼にいったい何があったのか、今となっては誰にも分からない。

林の奥に連なる山山を蓋する雲が、際限なく厚さを加えて光りを閉ざしている。闇は、諂曲《てんごく》模様に散らかって、あたりの光景へと拡がっていく。大粒の雨がばたばたと軒のトタンをうちはじめた。繁吹《しぶ》いた雨が霧のように細かになって、昼の闇に溶け込む。黄色い腹をした尾の長い鳥が、軒下にある雨のかからない戸袋の上へ来て留まり、チチン、チチンと啼《な》いたかと思うと、少しして飛び去った。もうしばらくそこで雨宿りしていればよさそうなものを……。

「なぜ？」

「なぜって……」

彼はきっとこういうだろう。

「ゆっくり本を読めるから」

今ごろは、あの世で好きな本を存分に読んでいるにちがいない。

仇

四月二十七日金曜日　庭の栗の木にかけた巣箱でシジュウカラが営巣をはじめた。シジュウカラは今日も鱗苔《こけ》や獣毛などの巣材をせっせと運んで巣作りをしている。といっても、運ぶのはもっぱら雌のほうで、雄は巣箱の近くの枝に留まって見張り役をしている。シジュウカラには、喉から腹にかけてネクタイのごとき黒い縦縞《たてじま》がある。そのネクタイの太いほうが雄だから、雄雌の区別は容易につく。観察するに、あまり近寄り過ぎると、ヂュヂュヂュヂュと雄が警戒時特有の鳴き声を立てるので、今後は嫌われないよう遠くからそっと見守ることとする。

五月三日木曜日　雌が巣箱の穴からときおり顔を出す。あまり外出しなくなったところを見ると、どうやら卵を抱きはじめたようだ。今日は雄の姿は見えない。何個卵を産んだか知りたいと思うが、まさか巣箱を覗き込むわけにもいかず、無事に育つのを祈るばかりだ。

五月二十二日火曜日　雄がひんぱんに巣へやってくる。その嘴に餌を銜《くわ》えていることから、雛が誕生したのを知る。雛の旺盛な食欲を満たすため、これからは毎日、餌運びをするのだろう。ご苦労なことだ。こちらは眺めているだけでなんとも申し訳ない限りだが、巣立ちの日を待ち望む気持ちは、親鳥にも引けを取らないつもりではいる。

五月二十五日金曜日　親鳥が巣に餌を運んでふたたび飛び立つ時、餌でない何かを銜えているのに気づいた。どうやら、外へ餌を探しに行く際に雛の糞を持って出るようだ。巣を清潔に保つための行動だろう。そうした習性があるとはついぞ知らなかった。かんしんなものだ。ともかく、巣立ちがいつになるのか、今はそれが気がかりである。巣立ちの瞬間を見逃さぬよう、今後は観察の回数を増やすつもりだ。

五月二十八日月曜日　起きぬけに庭へ出て栗の木を見上げると、巣箱の周囲になにやら太い蔓のようなものが搦《から》んでいる。よく見れば、それはまさしくアオダイショウであった。慌てて竹の棒で下から突《つつ》くものの、思うにまかせない。なので、急いで梯子をかけ、上っていって夢中で掴んだ。だが、力を込めて引っ張っても蛇は容易に剝がれない。それでもどうにか頭が巣穴から出たので、ここぞとばかりに勢いよく抛《ほう》りなげた。すでに雛を呑み込んだらしく、蛇の喉元は膨らんでいた。巣に帰ってきたシジュウカラが聞いたこともないような荒荒しい声で鳴き立てながら、じぶんの周囲を飛ぶ。おれじゃない、蛇だよ、と梯子の上から指さしたが、蛇はもうどこかへ逃げて姿がない。遺憾ながら、今日をもって、じぶんはシジュウカラの仇《かたき》となった。

美美須

鍬《くわ》を手に畑を耕していると、黒土の中から美美須《みみず》が這い出た。蛇と見まがうかのような太くて大きな美美須だった。あまりに立派なので、思わず手にとった。太さは中指くらいで、両の掌《て》のひらに余るほどの長さがあった。他の虫ならば殺してしまうところだが、美美須は畑を肥やしてくれるので、殺さずにそこらへ抛《ほう》った。それからまた鍬を入れ、せっせと畑を起こしていった。

そうして美美須のことなどすっかり忘れて、仕事に精を出していたところへ、ふたたび、美美須が顔を出した。こんどのも、やはり太くて大きな美美須だった。さっき出たのとはちがうやつなのか、それともさっきのと同じやつなのか、よく分からない。抛った見当とは別の場所を耕していたので、ちがうもののようにも思えるが、さっきのが土の中を這ってここへ顔を出したのだと考えられぬこともない。いや、これくらい立派な美美須なのだから、移動するのも速いにちがいない。手にした美美須に問うてみたいような気もするが、詮無《せんな》いこととあきらめ、またしてもそこらへと抛りなげた。そうしておいて、畑に鍬を入れながら考えた。

美美須には目はないが、光りを感じる細胞が体中にあって、そのために暗いほうへと這っていくのだということをどこかで聞いた覚えがある。美美須は陽に当たれば干からびて死んでしまう。だからこそ、光りを避けて地中へと潜るのだろうけれど、思えば不憫なものだ。心地よいこの春の陽ざしを浴び、爽やかな風を嗅ぐことは、美美須にはとうてい叶わない。湿った土の中を這うばかりの生活《くらし》は、さぞかし味気ないことだろう。もしまた出会うようなことがあったなら、そのときは、もう少し丁重に取り扱ってやろう。そんなふうに思って、こんどは鍬を打つ際も、あやまって美美須を刻まぬよう、やさしく掘り起こしていった。そうして、なんともはや、三たび、あの美美須に出会ったのである。

畑仕事を終えて家に帰ろうと小屋へ道具を片付けていた時だった。背後でなにやら鳴き声がする。振り返ってみるが、それらしき動物は見当たらない。だが、ジージーと鳴き声だけはたしかに聞こえる。へんだなと思ってあたりを探してみれば、声はどうやら地中から聞こえてくるらしい。ここらかと察しをつけて鍬で掘ってみると、果たして、小さな穴が地中に開き、中から土竜《もぐら》がひょいと顔を出した。いきなり地上の陽に曝《さら》された土竜は、泡を食って盛んにジージーと鳴いている。美美須じゃなかったのか、と落胆していると、土竜は躍起になって別の穴を掘りにかかった。その掘りはじめた新しい穴から、なんと、美美須が懐かしそうに笑いかけてきたのだ。じぶんはもう疑わなかった。これで三度目だなと手にとって頭を撫《いと》ぜてやると、彼女は、はちきれんばかりに膨らんで、かわいい欠伸《あくび》をした。じぶんは、彼女を愛おしんだ……。

のちになって、ひょんなことから、美美須が雌雄同体、つまりは男と女の両方を備えていることを知り、じぶんは裏切られた思いがした。それきり彼女とは会っていない。

山葵

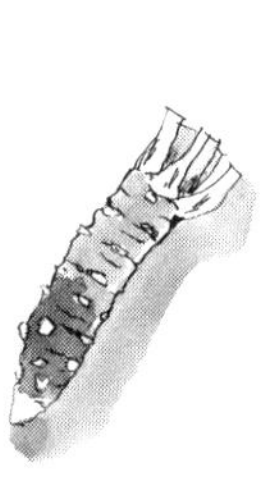

わたしの旅はいつだってひとり旅だ。

ひとりのほうが気楽でいい。お友だちがいないわけじゃないけど、近ごろはあまりそうした関係には深入りしないようにしている。過去に、痛い目に会ったせいもある。そのときは、ほんとうに、もうこりごりと思った。そもそも女同士というのは難しい。なので、そうしたことに悩んで心を磨《す》り減らすくらいなら、断然ひとりのほうがいいと決めた。

信州には何度も来ている。

けれど、いつもはいわゆる観光コースとして有名なところばかりを訪ねてまわっていたので、今日みたいな場所へ来るのは初めてだ。

ここには、なにがあるというわけじゃない。けれど、すべてがあるという気がする。清清《すがすが》しい山があって、光りを溶かして流れる川がある。こんな場所で、食べるだけの野菜を育て、庭先に花を咲かせる生活ができれば、ほかにはなにもいらないという気がする。

朝食のあと、民宿のおじさんが畑に行くというのでついていった。

畑といっても、太陽の下の明るいそれじゃない。木漏れ陽が降る林の中に小さな沢があって、石を敷き詰めて段段につくってある流れのいちめんに、たくさんの苗が植えられている。山葵《わさび》の畑というのを見るのは初めてだったので、興味津津だった。

おじさんは株のひとつを引っこ抜いて見せてくれた。

大きく育った葉と茎の根元には、たくさんのひげ根に埋もれるようにして、いっぽん太いのがあった。見ると、それが山葵だった。齧ってみなといわれて少し尻込みしたけど、せっかくだからと口にした。

甘かった。山葵なのだから、わたしは当然、鼻につんとくるあの辛味を想像していた。なのに、この山葵は甘い。

「えっ、なんで?」

すると、わたしの様子を見て笑っていたおじさんが、次のように説明してくれた。

山葵はおろすことで辛くなる。傷むことではじめてあの辛味がでる。けれど、自生している山葵はだいたいにおいて根が小さい。それは、山葵がほかの植物を寄せ付けない成分を周囲に出していて、その成分でじぶんも成長できないでいるからだ。なので、こうして沢の中で栽培してあげれば、そうした成分が水に洗い流され、根を太く成長させることができる。

わたしは、おじさんの説明を聞いて思った。山葵はなんだかわたしに似てる。いつまでも成長できないでいるわたしにそっくりだ。

今度はぜったいお友だちと来るって決めた。

冒険

春一番が吹いた翌日、空は無辺《むへん》に蒼く、綿を伸《の》したような雲が、連山の嶺の向こうへ辷《すべ》り落ちてからは、一片のちぎれ雲すら見当たらない。その澄みわたった気層の底を巡る山道を歩きはじめてかれこれ半時、四人は目的の場所へと着いた。

裕士《ひろし》のいったとおり、谷川に通じる崖下に、果たして一匹の小鹿が罠にかかっている。みんなはてんでに崖を下りはじめた。小鹿は、子ども達が近づくのを察すると、逃れようとして跳ね回り、くくり罠の針金《ワイヤー》は、細い肢へといっそう食い込んだ。

罠にかかった小鹿を見たと興奮気味に話す裕士に、ならば放課後みんなで助けに行こうと誠と浩一がいいだし、ほどなく話はまとまった。仲間の手前、じぶんだけが参加しないわけにもいかず、ここまで従《つ》いては来たものの、祥太郎《しょうたろう》はやはり気がすすまない。

崖を下りると、暴れる小鹿を誰が助けるか、相談がなされた。急いで逃してやらなければ、見回りの猟師に見つかると、小鹿は即座に殺されてしまうにちがいない。結局、向こう気の強い浩一がその役を買ってでた。

締まる針金を少し緩めてやりさえすれば、輪っかは広がり、小鹿の捕らえられた肢は簡単に抜けるはずだ。なので、三人で気をひいている隙に、浩一がひとりそうっと小鹿の後ろへと廻って、罠の針金を広げる作戦を立てた。

作戦どおり、浩一が忍び足で小鹿へと近づいた、そのときだった。

気配を察した小鹿が、急に後ろ肢を高く跳ねた。蹄《ひづめ》が浩一の胸を蹴り上げ、浩一は、もんどり打って倒れた。

「だいじょうぶかあ！」

三人が心配して駈《か》け寄った。

浩一は、胸を押さえてべそをかいている。

「この野郎！」と叫んで、裕士が小鹿に石を擲《な》げつけた。誠も、祥太郎も、つづけざまにどんどん石を擲げた。暴れる小鹿の肢に針金が食い込んで、白い骨が覗く。

小鹿の悲しい鳴き声が谷に響いた。


夕刻、四人は、とぼとぼと家路を辿った。浩一の怪我は心配なさそうであった。

口数少ない仲間に向かって、あの罠は父ちゃんが仕掛けたものだ、と正直に祥太郎が打ち明けた。すると、裕士が、「あんなもの害獣だ」としかつめらしい顔をしてつぶやいた。そうして、それきり誰も小鹿のことは話さなかった。

山ぎわに大きな月が出る時分、四人はそれぞれの家へと帰り着き、この日の冒険は終了した。

観念

熊の目撃情報が聚落《むら》の地域放送で流れた。

熊が出たという話は以前にも聞いた。だが、それは、結局のところニホンカモシカを熊と見間違えたというもっぱらの噂だった。じっさい、誰やらが見たとされるその場所に行ってみると、カモシカの仔が一頭いたきりであったという。カモシカは、仔のうちはまだ体毛も黒っぽく、遠目には熊と勘違いすることもあるらしい。こんどもおそらくそんなところだろうと、さして気にもせず、犬を連れて散歩に出た。

裏山の麓道を行くのがいつもの犬の散歩コースだった。小さな沢に架かる石橋を渡り、湧水に濡れた露頭断崖の細道をすすんだ先で、急に犬が立ちどまった。そうして、さかんに周囲を気にして唸《うな》りはじめた。なにかに向かって吼えるというのならよくあることだ。藪に隠れている雉《きじ》や、山の斜面の潅木にまぎれて立つ鹿など、姿は見えずとも、山に棲む動物の匂いや気配を嗅ぎとって吼えるということは、これまでもしばしばあった。雑種とはいえ、我が愛犬には猟犬の血が混じっている。だから、そうしたことにはもっぱら敏感であった。けれども、こんどばかりは、ちと様子がちがう。いつものように吼えるのではなく、ううーと低く唸っているのである。それで、嫌な聯想《れんそう》がはたらいた。耳を澄ませて恐る恐る四辺《あたり》を見廻す。

すぐ前方には辛夷《こぶし》の大木が道にかぶさるように枝を太らせている。その花が樹下《じゅか》いっぱいに散り敷かれ、山道がきわだって白く光って見える。辛夷が根を広げる道の谷がわは、大小の木木で鬱蒼としており、木漏れ陽もほとんど射さず、ひとの手の入らないのをいいことに、ところどころ淡竹《はちく》が道にしなだれかかり、荒れ放題となっている。その奥のいっそう暗いあたりで、なにやらごそごそと音がした。音のするそこだけ竹穂が揺れている。あそこから熊が出れば逃げ場はない。心臓がどきんと搏《う》った。

ている。犬を放せば、犬が殺《や》られるであろう。唸りつづける犬を無理にでも引っぱって山道を駈《か》けもどっても知れは、ごそごそ歩いてこちらへと近づきつつある。動悸が高まる。足が小刻みに顫《ふる》えだす。竹藪の中ででか、といよいよ観念しかけたところへ、こみ合った薮を左右に裂いて、むこうがついに姿を現した。思わず目をつぶった。

「ごきげんよう！」

朗らかな声の主は、熊撃ちの新次郎さんであった。耳まですっぽり毛皮に覆われた猟師帽をかぶり、肩には鉄砲を掛け、こちらを見てにこにこと笑っている。声の張りといい、つるんとした顔のやけに艶めいた肌といい、八十になろうという爺さまとはとうてい思えない壮健ぶりだ。

「や、やあ」

吃《ども》りながら挨拶を返すと、悟られぬよう、萎えた足を平気らしく運んで散歩をつづけた。

山桜

春雨で山はしとどに濡れそぼち、空は鈍色《にびいろ》に塗り潰されている。薄墨が筆足も残さずあるかなきかに滲んだような霞《かすみ》が、景の其処此処に立ちこめ、筆圧弱く引いたがごとき稜線にいたっては、空との境が判然《はっきり》しない。目の前に立つ小楢《こなら》の枝先には、黄色な芽が顔をだし、枝の撓《たわ》んだ箇所には雨露も光っている。その向こう、四角に並んだ落葉松林《からまつばやし》は、吹きはじめた新芽の薄い緑に彩られ、杉が形づくる深緑の三角の林と相照らしている。その杉林の上、なだらかな斜面で盛っているのは山桜だ。水墨画のような淡い山の景のなかで、そこだけ力強く浮き立つように咲いている。雨はようやく上がる気配か。

「幽霊ねえ」

「そうさあ」源爺が粘りつくような目をした。「なんでも、あの山で首を縊《くく》ったのがいたらしいから」

「ほう」

春の長閑《のどか》な山里の光景に、幽霊などとはいかにも釣り合わない話なのでなにやら可笑しくもあったが、源爺はいたって大真面目だ。

「ほれ、見な」源爺が指さした。「山の腹に桜が咲いとろう。あの木にぶら下がって死んでおったという話だわ」

「それはいつのことです？」

「いつって、昔さ。戦前じゃったかな」

「そりゃまた古い話ですねえ」

源爺が昨晩見た幽霊というのは、全身びっしょり濡れた姿《なり》の若い女で、夜の山道にひとりで立っていて、源爺の運転する軽トラックのライトに照らしだされると、鬼のような形相をして消えてしまったのだという。

「消えてどうしました？」

「消えたと思うたとたんに風が吹いてなあ。そしたら桜がいっせいに散り舞うて、すっかり花を落としただわ」

「へえ、さぞかし綺麗だったろうな」

じぶんは、向かいに見える山の、その桜に目をやった。

桜は、源爺の話とはちがって、若葉とともにたくさんの花をまだ付けている。それが、どういうわけだか、風もないのに枝を揺らしている。へんだなと思って隣りの源爺を見ると、源爺の顔が墨跡《ぼくせき》の霧のように朧《おぼろ》になって、なんだか目鼻さえはっきりしない。じぶんは、慌ててその顔の中に源爺を探して、霧の中へとさ迷い込んでいった。

春雷

友達の家で遊んだ帰り道、どろどろと雷が鳴りだした。

祥太郎は、早く家に帰ろうと土手に上った。途中、少しばかり藪があるけれども、この土手を行くのが一番の近道であることを知っていた。

福寿草が群生する一劃《いっかく》まで来たとき、行く手の空に稲妻が光った。さっきまで遠かったはずの雷が、急に大きな音になってこちらへと迫ってきた。祥太郎は、シャツの上からへそを手で押さえると、あらん限りの力で土手を駈《か》けた。だが、いくら手で押さえても、走ればシャツが縮んで、へそが露わになった。雷が祥太郎の頭の上でなんども轟いて、これでもかと祥太郎を脅《おびや》かす。

祥太郎は、雷が嫌いだった。

腹だして寝とると雷様にへそを盗られるぞ、と祖父がいうのを頭から信じていたわけではなかったが、さりとて、それを全然無いものと決めつけるほどの自信があるわけでもなかった。だから、用心するにこしたことはないと考えていた。そうでなければ、万が一、じいちゃんのいうことが正しかったときには、ほんとうにへそを盗られてしまう……。

藪をくぐり抜け、土手の尽きるあたりで雨が降りだした。

祥太郎は、田圃《たんぼ》の脇に立つ藁小屋に隠れて雨をしのいだ。大粒の雨はざんざと繁吹《しぶ》いて、錆び

たトタン屋根を喧《やかま》しくうちつけた。

祥太郎は、いまだ鳴りやまない雷に警戒しながら、濡れたシャツを少しめくってみた。あれはどの雷の下を走ってきたのに、へそはまったく無事であった。

――じいちゃんの話はうそかもしれない。

祥太郎は疑った。

――じいちゃんの話がもしほんとうならば、へそを盗られたひともいただろう。けれど、へそが盗られてしまえば、お腹がのっぺらぼうになるということだ。そんなひとがほんとうにあるだろうか。へそを盗られたひとなんて、いやしないじゃないか……。

雨が小止みになると、雷鳴も遠ざかった。

祥太郎は、もうへそを守ることはせず、大手《おおで》を振って家へ帰った。

土間に入るなり、待っていてくれた母が、濡れた頭をタオルで拭いてくれた。そこへ、遅れて祖父が出て来た。祥太郎は、祖父の顔を見るなり、への話はうそっぱちだと詰め寄った。すると、祖父は奥の間から飼い猫のチビを連れてきて、「ほれえ」と祥太郎に手渡した。チビもまた雷雨のなかを帰ってきたらしく、まだ毛が濡れていた。

祥太郎は、チビを仰向けにして、毛足の長いのを掻き分け、丹念にまさぐったが、へそはついに見つからなかった。

散歩

あなたは山道を歩いている。

あなたはひとりで歩いている。

道の起伏はなだらかだけれども、歩きつづけているせいで、あなたの額には汗が光っている。

道の先にはうっすらと霧が立ち罩《こ》めている。それはゆっくりとあなたに寄せて来る。あなたは、じぶんでも気づかぬうちに霧の中へと這入って行く。そうして、あなたは、霧の中にあっても霧の中にいるということに気づくことはない。

五月の風が林を過ぎてあなたに吹く。

風の運ぶ若葉の匂いはあなたにどこか懐かしい。その懐かしさの記憶をどうかして手繰《たぐ》り寄せようとするがうまくいかない。しかし、あなたは憶えているはずだ。昔、あなたがこの聚落《むら》に住んでいたことを……。

小鳥が囀っている。だが、姿は見えない。

あなたは杖で体を支えるようにして立ち止まる。

囀る声はさまざまで、どれも美しい。その声に誘われて、あなたの頭の中にひとつの旋律が奏でられる。だが、それはあなたが創作したものではなく、かつてあなたが好きだった歌の一節だ。

あなたは口ずさみながら、そのかつての気分に心をゆだねる。

気分はたしかに蘇る。だが、その気分の根となるかつての記憶はやはりあいまいなままだ。過去はすべて霧の中に隠れてしまっている。けれども、これだけはあなたに明白なはずだ。あなたがいかに淋しい心の持ち主であるかということ……。

散歩を終えて、あなたは帰ってきた。

ホームの職員があなたの腕を強く摑んであなたを部屋へと連れ戻す。勝手な外出は控えてください、とあなたは叱られた。けれども、あなたはいっこう意に介さない。

あなたはいつだって人に命ずる立場だった。

あなたが人に命令されることはついぞなかった。あなたは、そうやって多くの人を使い、成功した。金も貯めた。大きな家も建てた。そうして、なにかと人に羨ましがられる生活《くらし》を送ってきた。あなたはそれをじゅうぶん楽しんだし、また、誇らしくもあった。だが、成功とは所詮、その程度のものだった。社会的には相当の価値を持ち得たが、成功は、あなたの人生にとって、喜んでばかりいられるものでもなかった。なぜなら、あなたはつねに孤独だった。

あなたは明日も山道を歩くだろう。それがあなたにとっての現在の幸福なのだから……。

あなたは霧の中にようやくそれを得たのだ。

囀り

森の奥で小鳥たちがあつまって、ひそやかに話し合っている。

「君が囀《さえず》ると、実に素晴らしい響きをするね」

「いえいえ、君のこそ美しく聴こえるよ」

「そんなことはないさ。やっぱり君の声のほうが――」

「いやあ、ぼくなんかより断然君だよ」

「あなたがたはおかしなことをおっしゃいますね」

「……」

「だってそうでしょう。たとえば、わたくしが囀ったといたします。そして、その声がこの森に響いて、あなたがたが、それを美しくお聴きになったといたしましょう。ですが、それはわたくしの囀りが美しく響いたのではないのです。わたくしの美しい囀りが響いたのです」

「なんだかむつかしいな」

「かんたんですよ。この世に『囀りの美しさ』などないのです。あるのは『美しい囀り』ばかりなのです」

「おれはそうは思わないね」

「失礼ですが、あなたは？」

「通りすがりの者さ。ところで、あんたのいう『美しい囀り』がほんとうにあるとは限らないぜ。おれはこの世はすべて夢なんじゃないかと疑《うたぐ》ってる。もしそうだとすれば、あんたもおれも夢の中にいるんだから、その『美しい囀り』ってのも、夢まぼろしにすぎないってことになる」

「おにいさん、そいつはいくらなんでも――」

「なんだい、爺さん。おれに文句をつけようってのかい」

「まあ、お聞きなさい。たとえば、おにいさんが囀れば、わしはその声をいまここに聴く」

「それがどうした」

「然《さ》すれば、おにいさんは、わしと共にいまここに居ることになる。もちろん、夢でのうてな」

「理屈はそうかもしれねえが……。爺さん、この世が夢でないという証拠はあるのかい？」

「ならば、証拠をご覧に入れて進ぜよう」

一羽の老いた小鳥が高らかにぴーと啼《な》いてみせた。すると、あまりにも澄んだその声音《こわね》に、昂《たか》ぶったほかの小鳥たちが、森の遠近《おちこち》でにわかに囀りだした。やがて、小鳥たちの囀りは、交響しながらひとつにまとまって、ついには大合唱がはじまった。

森の外でひとり、その小鳥たちの歌に耳を傾けているにんげんがあった。そのにんげんが、歌に聞き惚れ、そっとつぶやいた。夢のように美しい……。

小糠雨

雨が降っている。

霧とも霞ともつかない細かな雨が音もなく降っている。その雨のなかを傘もささずに少年は歩きとおしてきた。

着いた先には、母がいた。

少年の母は森の作業場で働いている。新緑まぶしい森の奥で、今日も朝早くからジャムを加工していた。少年は母に会うため、学校から下校すると、その足でやってくる。そうして、仕事を終えた母と連れ立って家へ帰るのが少年の日課だった。

「今日は先生に何を習ったんだい」

歩きながら母が訊いた。

「えーとねえ」少年は考えた。濡れた顔をした少年の、その弾んだ声にあたりの湿った空気が華やぐ。「そうだ、お友だちと喧嘩しちゃいけないって」

「あんたが喧嘩したの？」

母が真面目な顔をした。母の顔も濡れている。

「ぼくのことじゃない」少年がいった。「みんな仲良くしなさいってことだよ」

「そうか」母が笑った。「みんなのことかあ」

「そう、みんなのこと」

「それで、ほかには何を習ってきたの？」

「えーとねえ」母の言葉に、少年は思い出そうと努めた。「えーと、なんだったけ……」

なんだったけ……。

……あの日、思い出そうとして思い出せなかったこと。

考えてみるが、やっぱり思い出せない。ただ、他愛のない会話をかわしながら母と歩いたあの道が、彼には堪らなく懐かしい。

「おとうちゃん」娘が訊いた。「明日は何して遊ぶ？」

「えーと、そうだな」彼が答えた。「明日は婆ちゃんも誘ってお散歩するか」

「いいよ。けど、どこをお散歩するの？」

故郷の聚落《むら》へ家族を伴って帰省したのは、彼にとって久しぶりのことだった。娘に問われて、彼はあの道を想った。森の奥の作業場へ通じる名前のないあの道……。

「散歩をするのにいい処があるんだよ」

彼の返事に娘は首肯《うなず》いた。

予報では明日は雨模様であるらしい。雨のなかの散歩だって悪くない。

かけくらべ

雲が走れば陽が隠れる。

光りが翳《かげ》って弱まると、あたりの景色が見る見るあらたまった。淡い光りの膜は、山里をすっぽりと包み込むように張って、周囲はにわかに鎮《しず》まり、鏡を砕いて流れるようであった川も、耀きを鈍らせ、流れを緩《ゆる》めた。目一杯に膨らんでいた土手の桜のつぼみが、ひと息つこうと固くなり、春の息吹に小休止をもたらす。道端の檀香梅《ギシャ》の枝に留まった山雀《やまがら》だけが、茶色いその胸を膨らませ、なにやらさかんに囀っている。山里の春は遅い。けれど、春はたしかに近づきつつある。

祥太郎が、聚落《しゅうらく》を東西に貫く道を前のめりになって奔《か》けている。

祥太郎は、買ってもらったばかりのランドセルが自慢だ。荷物が少ないので、走るごと、祥太郎の背中でランドセルがかたかたと鳴る。

「ぼくのほうが速い」赤い頬をした祥太郎が、走りながらひとりつぶやいた。「ぜったい負けないんだ」

光りを搦《から》めとって地に翳《かざ》した雲の、頭上を過《よ》ぎるのを睨みつけながら、祥太郎は半ズボンから突き出た二本の細い脚に力をこめた。

「そんなに急がなくとも学校は逃げねえぞお」

畑から農夫が声をかけた。

祥太郎はとりあわない。農夫は笑って祥太郎を見送った。


雲が流れる。

祥太郎が奔ける。

雲足が速い。

祥太郎だって速い。

陽が白雲を抜けてそろそろ顔を出しそうだ。


やがて、祥太郎の競っている雲は、空にあって空を流れながら、空との境にけじめなく溶けだした。ほどなくして、雲は霧消した。

祥太郎が勝った。雲は負けた。

光りが、山里を奔けぬける少年へと降りそそぐ。

勝負を見とどけた山雀が、森へと帰っていった。

早春賦

谷には今日も風が吹いている。春とは名ばかりのこの風の寒さに、滅入りそうになる。じぶんは、春の歌が早く歌いたくって仕様がないが、時が来ないことには歌うわけにもいかない。生まれ育ったこの土地を心から愛しているけれど、冬が長いのと春が遅いのには、実に困ったものだ。

「それはそうと、歌の勉強のほうはいくらかすすんだのかい？」

向こう谷に住む叔父が問うてきた。この時期に谷を渡って挨拶に行くと、叔父は毎年きまってこれを訊ねてくる。

「去年はあれでずいぶん練習したつもりですが」

じぶんがそう答えて澄ましていると、叔父はこれ見よがしに胸を大きく膨らませた。呆れ返ったとでもいわんばかりのその仕草まで、毎年の恒例だから嫌になる。

「まあ、そのうち巧く歌えるようになるさ」

叔父はそういうと、膨らませた胸をひと息に萎ませて立ち去った。

じぶんのような若い者が歌の下手なのは当たり前のことだ。それをあのように揶揄《からか》うのだから、叔父はなんといっても底意地が悪い。じぶんは春の遅いのと叔父の意地悪に悪態をつきながら、ひとり谷を下った。

谷の底にひろがるこの豊かな湿地を眺めると心和《こころな》ぐのは、じぶんだけではないはずだ。今はまだ葦《あし》の枯れ色ばかりが目につくが、その株元を見やれば、あれほど分厚かった氷はすでに融け去って、微温《ぬる》んだ泥の中を這いまわる葦の根からは、もう新たな芽が角《つの》を出している。じぶんはそれを見て、いよいよ時が来たのだと喜んだ。そうして、喜びの羽根を広げ、高く飛び上がるべく空を見た。だが、空は谷を暗く蔽《おお》って、今にも雪を降らせそうだ。思えば昨日もそうだった。光りは鈍く、空は今日と同じに鉛色をして重くかぶさっていた。じぶんは落胆して羽根を閉じると、葦の枯穂を集めた寝床へ帰り、静かに目を閉じた。そうして、明日こそはと念じながら眠りについた。

朝、目を覚ませば、谷にはやっぱり風が吹いていた。じぶんは、その冷たい風の音になんとなく耳を奪われながら考えた。

——そもそも春が来るのを知らなければ、こうして春を待ち焦がれることもなかったのではないだろうか。待てば待つほど、春は来るのが遅くなる。焦がれれば焦がれるほどに、春は遠くなるのだ。ならばいかにしてこの胸の思いを晴らせばよいというのだろう……。

考えがここまで及んできて、ようやくじぶんは決心をした。時が来なくともいい、下手であってもいい、思いのたけを今ここで歌ってみようと……。

春にはまだ早いある日のこと、たどたどしい鶯《うぐいす》の声が、谷に響きわたった。

薫風

爽やかな風だ。

林から新緑の香りをのせて、澄んだ空気が流れてくる。木木の間から望む彼方の空には、青く高いところと白く垂れ込んだ域があって、それらが溶け合う見当に山の頂きがちらちらと見え、稜線の向こうには、淡淡しい薄べったい雲が、天を翳《かす》めて流れている。

渓を伝うこの道を歩きはじめてかれこれ小一時間、いまもって倦《う》むことを知らない。足元では木洩れ陽が揺れ、頭上には光りを透かした清新な木の葉が風にさやいでいる。なんとも心地よい。じぶんは時の経つのをいとおしむかのように歩きつづけた。

ほんとうは、けりをつけようと思い定めてここに来た。すべきことは全部やった。その上でなおかつ先が見えないのだから、どうするわけにもいかない。といって、今さらあらたまって、世を、人を、金を軽蔑したところでなんになろう。となれば、じぶんは己《おの》れをいかに処すべきなのか。先の見えない道をこのまま歩きつづけるのか、それとも……。

「まあ、おあがり」

散歩を終えて宿にもどると、婆さんが茶を淹《い》れてくれた。皿には飴色をした野沢菜がどっさりと盛ってある。

「天気も良くって、へえ、なによりだわ」婆さんがいった。そうして、湯呑に茶を注《つ》ぎ足してくれながら、独りごつようにつぶやいた。「ありがたい……」

それを聞いて、はっとした。

なぜだか分からない。

ただ、自然、心づくところがあった。

「そうだねえ」じぶんがいった。「天気のいいのが、なによりだねえ」

「そうさあ」婆さんが溌剌《はつらつ》とした声をだした。「ありがたいことだわ」

宿を出るとき、頼みもしないのに握り飯を持たせてくれた。婆さんなりの応援なのだろう。飯を食うのは、生きることにほかならない。

「ありがとう」と礼をいうと、「まあ頑張っておやんなさい」と婆さんが、曲がった腰をなおも折りたたんで頭を下げた。

古民家の土間を出ると、おもての明るさに目が眩《くら》むようだった。

新緑の香りをのせた風が、頬を撫でる。

実に爽やかな風だ。

婆さんの真似が思わず口をついた。

「ありがたい……」

値千金

庭の隅で酒を飲んでいる。

白い月が山の上に出ようとしている。川面《かわづら》がにわかに明るくなる。遠く田畑《でんばた》には夕靄《ゆうもや》がたちこめ、それもまた月明かりに白く照らされる。

山の端に触れた月の尻が、離れまいと居座った。稜線に生え揃った絨毛《じゅうもう》のような木木が、月光に透かされ浮き立っている。いいぞいいぞと眺めている最中《さなか》、観念した月がするすると昇って、いつしかじぶんの手元を照らし、酒の雫に濡れた湯飲みの縁《へり》が光る。湯呑みを口へ運ぶたび、酒が月の明かりを映してとろりと波打った。

肴《さかな》は岩魚の焼干しだ。骨酒として酒に浸しておいたので滅法やわらかい。そいつに醤油をたらし、皿の上でほぐしては、つまむ。

庭先の梅の木が、ちらほら花を咲かせている。ごつごつとした黒い幹を「く」の字に曲げるこの老木もまた、月の光りに照らされている。枝にぽつぽつ灯る可憐な白い花が、月明かりにいっそう白く咲いて、見ているだけでも清《すが》しい香りが匂いたってくるようだ。気がつくと、さやかに光る丸い月に、いつのまにやら雲がかかって、今は少しおぼろかに霞んでいる。

ここより一段上がった向こうの高台では、仲間たちが焚き火を囲んでやっぱり酒を飲んでいる。

さっきまでギターを持ちだして騒いでいたはずだが、どうやらにぎわいの時は去って、いまは静かに語らっているらしい。笑い声がときおりかすかに届くばかりだ。

飛石の折れた先にある中庭には、丸太で作ったブランコがある。息子がまだ小さい時分、よくあれに乗って遊んだものだが、現在《いま》となっては遊ぶ者もいない。そのブランコが月の光りにうっすら明るんで、いかにも今宵の風情にかなっている。

夜がブランコをひっそりとぶら下げて、閑《しず》かに撼《ゆるぎな》く深《ふ》けてゆく。

人生を楽しむに、今も昔も変わらない。

春夜　蘇《そ》軾《しょく》

春宵一刻値千金
花有清香月有陰
歌管樓臺聲細細
鞦韆院落夜沈沈

春宵一刻《しゅんしょういっこく》　値千金《あたいせんきん》
花《はな》に清香《せいこう》有《あ》り　月《つき》に陰《かげ》有《あ》り
歌管楼台《かかんろうだい》　声細細《こえさいさい》
鞦韆院落《しゅうせんいんらく》　夜沈沈《よるちんちん》

歌管＝歌と楽器の音。　楼台＝高殿。　鞦韆＝ブランコ。　院落＝中庭。

でろり

息子が蛙の卵を欲しがったので採りにいった。

田圃《たんぼ》の脇の湿地にそれはあった。半透明な紐のようなものの内部に、黒い卵の粒がぎっしりと詰まっている。そいつを網で掬《すく》いとってバケツで運ぶ。

持って帰ると、さっそく庭先の小さな池に入れた。幾本もの卵の紐は、はじめ池の底にゆっくりと沈んでいった。そうして水の中をしばらく漂うと、こんどは拡がりながら浮かび上がってきた。見れば、たくさんの卵の粒のうちには、すでに尾らしきものが伸びているのもある。粒があんまり小さいので、もっとよく観察しようと手にとってみた。ひとつらなりの寒天が、手の中《うち》をぬるぬるとすり抜ける。それをなんとか鷲摑みにして持ち上げてみると、卵の紐は、じしんの重さに耐えきれず、ぽたぽたと千切れて落ちた。その千切れて落ちるものの中にも、小さいながら、やっぱりおたまじゃくしふうな姿《なり》をしたのがある。寒天から飛び出そうと、尾を振っているようにも思える。それを見て、この夥しい黒い粒のひとつひとつが命にほかならない事実に今さらながら思い至り、なんだかぞっとした。

たくさんの命が、じぶんの手の中を細長い集まりとなって、でろりと垂れている。この黒い小さな命の粒たちは、これからそれぞれの運命を生きる。早く死ぬのもあるだろう。長く生きるものもあるだろう。だが、早くとも遅くともみな死ぬにはちがいないし、どちらにしても、天命に則って限りあるものを使い切るという意味においては、みな等しくその命をまっとうする。よしんば、それら黒い粒ひとつひとつの命にもそれぞれに心があって、その心に動かされる感情の起伏に一喜一憂するそれぞれの生活《くらし》があるのだとしても、命をまっとうするという大事業の前では、それはいかにも問題にならぬほどのことでしかない。

おそらくこの命の粒たちは、その点でいささかも惑《まど》うことはない。惑うのは、にんげんばかりだ。にんげんは、頭が大きく、脳が肥大してしまっているものだから、下手に我思うがゆえに、その我があらぬことに惑ってばかりで、この粒のように素直に命をまっとうできないでいる。そして、じぶんもまたそのにんげんのはしくれだ。感情に狂《ふ》りまわされている。考え迷う命を生きている。それを思うと、にんげんなんてつまらんものだなと、月並みにぼやきたくもなる。もちろん、ぼやいてどうにかなるものでもない……。

ところへ、ランドセルを背負《しょ》った命がちょうど帰ってきた。

卵が池にあるのを見て興奮している。喜んでいる。跳ねまわっている。

この命は、じぶんとちがって、まっとうな命だろう。なぜといって、考えるに拙く、惑うには幼い。それゆえ、正しくまっとうでいられる。その証拠に、この命の鼻の下には、やっぱり似たようなのがでろりと一本垂れている。

「それでどうなりました？」

「どうもこうもないわ」源爺がいった。「あれでお仕舞《しま》いだで」

「それじゃあ、決着はつけなかったんですか」

「そうよ」

いったきりで、源爺は煙管《キセル》で悠悠と莨《たばこ》を喫《の》んでいる。春の空の底で紫の烟《けむ》を漂わせ、それで澄ましている。長閑《のどか》もいいが、ちと長閑すぎる気がする。あれだけのことがあったにかかわらず、源爺は動じないばかりか、抛《ほう》ったきりでいっこう意に介さない。春の長閑が極まると、源爺みたくなるものか。

「それでふたりは納得してるんですか？」

「納得などしておらんだろ」

「じゃあ、どうするんですか」

「だから、仕舞いにするんだわ」

「できるんですか」

「できるもできねえもねえだ」ふうと口から烟を吐きながら源爺がつぶやいた。「仕舞いにするとはそういうことだわ」

高く清《す》んだ声でひとつ啼《な》いてから、ふたりの頭の遥か上を小鳥が渡った。美しい声だ。思うまもなく、鳥は林の向こうへと姿を消した。さて、あの鳥は何という名だったか。たしかにそれを知っている気がするのだが、出そうで出ない。口を開き、その名を声にしようとするものの、咽《の》喉《ど》のところでつかえたきりで、どうあっても言葉にならない。仕方がないのであいまいにうっちゃって、鳥のことは忘れてしまった。

「あんた」と源爺が笑った。「どうも納得しとらんようだねえ」

「いや、そういうわけじゃないけど」

「じゃあ、どういうわけだい?」

「そう簡単に丸くおさめるというわけにもいかないだろうけれど、といってこのままでは解決を図れないだろうし……」

「そこをどうでも仕舞いにすんのも」いいながら源爺が煙管の雁首を靴底で叩《はた》いた。「いうてみれば智慧《ちえ》だわね」

さっきの鳥がまたひとつ啼いた。だが、どこで啼いたかとんと見当がつかない。

向こう山が山襞《やまひだ》へ有るか無きかに霞《かすみ》を這わせている。その仄《ほの》かなるところが、なんともいえず好もしい。たしかにいい眺めだ。

赤い月

堪《こら》えかねるのをいったんは堪えて家に帰った。

帰ってみれば、最前のことが頭の中をぐるぐると巡ってますます腹が立ってくる。どうかせねばならぬと考えてはみるが、どうにもできない。部屋に居れば、怒りのせいで天井がぐんぐん下がってきて、やけに狭くて息苦しい。そうしてますます腹が立ってくる。これでは治まらないと、おもてへ飛び出した。

暮れがたの南の空に丸い月が浮かんでいる。山の端から顔を出したばかりの月は大きく見えるというが、それにしても大きい。少し大きすぎるくらいである。そうして、やけに赤い。大きいのはいいとしても、これほど赤いというのはどうしたものか。まさか、小生の頭が癇癪《かんしゃく》で真赤に染まっているから今日の月が赤いというわけでもなかろう。その赤い月が霞のような赤い雲を従えて浮かんでいるところへ、烏の群れが、かあかあ啼《な》きながら渡った。烏も赤い。むろん、烏はもとより黒いものと相場が決まっている。それが今日に限って赤いというのはどうしたわけか。わずか夕焼けに映えて多少赤く見えるとしても、ああまで赤くはなるまい。これはやはり小生の頭が怒りのためにいよいよどうかしてしまったのやも知れぬ。赤い烏は森のほうへ飛んでいってそのうち見えなくなった。声だけがまだ飛んでいる。なんだか声まで赤いような気がする。

庭を出て、裏の山道を行った。平らでまっすぐなはずの道が、赤く波打ちながらくねっている。道沿いに茎を垂らす山吹の黄な蕾も赤い。その歩きづらい赤い道をどしどし歩いて、いつしか崖上の草原《くさはら》へと辿り着いた。見下ろせば、沢の流れがところどころ岩にぶつかって赤い泡を立てている。水の落ちるところでは、赤い飛沫《しぶき》が周囲の草葉を湿している。飛沫をうけるたび、大きな赤い葉を揺らしているのは山葵《わさび》らしい。広がる葉の中から屹立する細い茎の先に、小さな花をつけている。その花までが赤いのには閉口した。小生は山葵の可憐な白い花が好きだ。あの花を見ると、いつだって清《すが》しい心持になる。それに、山葵の花は食してもうまい。葉や茎と和《あ》えておひたしにすれば、酒の肴《あ》てにも申し分ない。それが今日は赤い。山葵の赤い花などお呼びでない。なにより無粋《ぶすい》である。見ていて嫌な気がする。これも小生の招いたところなのであろうか。

ここにいたって、小生はつくづく考えた。青年の頃、しょっちゅう癇癪を起こしていたのを憶えてはいるが、老いてなお、小生はこうしてまだ癇癪を起こしている。因果だか業だか知らぬが、思えば情けないものだ。白い花をも赤く染めて、頭から湯気を出すことに何の功徳があろう。それに、今となっては、なぜゆえ怒っていたものか、それもよく分からぬ……。

心を落ち着けてのち、もういちど崖下を覗き込んだ。山葵の花が、沢のほとりの薄暗闇にあって白く光っている。よかった。これで今宵は美味《うま》い酒が飲める。小生は、有り難い心持を抱きながら、木の枝や蔓を伝い、急峻な崖を下りはじめた。

藝術

昨晩の濁酒《どぶろく》がいけなかった。

発酵の進みも味わい丁度よく、発泡の爽やかな咽喉《のど》越しも手伝って、つづけざま飲んだ。なんといってもじぶんで仕込んだ酒だ。不味かろうはずがない。飲み過ぎと分かってはいても、やめられない。そうして、案の定このざまだ。

それでも午前には野良へ出た。

トラクターに乗って地べたを起こす。空は青く、風は光って林を揺らし、竹藪の翳《かげ》では鶯がのんびりと歌っている。世の中はいたって無事だ。その只中にあって、じぶんだけが悶《もだ》えている。物憂い頭の心《しん》に焦《じ》れている。

頭の痛みは治まるどころか、時間《とき》の経過とともに嵩じてきた。ずきんずきんと脈搏《う》って、しまいにはその搏動がじぶんの存在にとってかわる。

「打ちおろすハンマアのリズムを聞け」といったのは、たしか芥川龍之介だ。「あのリズムの在する限り、藝術は永遠に滅びないであらう」

じぶんは今、ハンマアのリズムを聞いている。頭の中でさかんにハンマアが打ち下ろされている。ならば、ここはひとつ「藝術」なるものにすがって急場を凌《しの》ごう……。

そこで、痛む頭をだましだまし、藝術たる一句をひねりだそうと試みた。だが、何も浮かばない。ハンマアの音だけが高らかに響いている。

トラクターのエンジンを止め、ひたすら苦吟する。

畑の縁《へり》の石に腰をかけ、莨《たばこ》をふかしながらあたりを見廻し、ようやく材を得た。親指ほどの巾の草葉の上に、雨蛙が一匹くっついている。じぶんは、これで詠めると喜んだ。

雨蛙は、体に比してずいぶん大きなその手を前へと突き、ぽてっとした白い下腹を葉面に合わせたなり、じっとしている。咽喉を顫《ふる》わせ、真黒《まっくろ》な目玉にかかる金の目蓋をときおり瞬きはするものの、全体は微動だにしない。ただ一途《いちず》に座っている。風に揺れたとて、撓《しな》る草葉の上に泰然として座している。何かを堪《こら》えているのか、それとも瞑想でもしているか。さまざま考えてみて、はたと思いあたった。そうして、一句出来た。

——雨蛙観念の雨に打たれをり

ハンマアは、まだ打ち下ろされている。

じぶんには下手な句が残ったのみだ。

藝術は永遠であるやもしれないが、思いのほか薬にはならない。

夏

花火

日が暮れてなお、暮れきっていないがごとき名残りの明るみが、空に藍色暗く滲んでいる。雲も山も冷めた色をして、それでいて沈みきらず、そのわずかばかりの明るみに分別くさく浮かんでいる。

「一番、八号。車のことならおまかせください。株式会社武石自動車」

若い女性の落ち着いた声が役場のスピーカーから流れると、向こうの暗い河原から小さな火の玉がふらふらとたよりなく昇って、薄明の夜空に花が咲いた。どんと腹に響くような音が一発、遅れて鳴る。

「はじまりましたね」

「うむ。はじまった」

そばに立つ知らぬ者どうしが分かりきったことを話し、互いに空を見上げている。

「二番、六号。お買い物なら……」

花火の提供者を紹介する女性の声が流れるたび、火の玉が尾を曳《ひ》きながら昇る。そうして、空の暗い処へ溶けたかと思わせておいて、さっきの花火が開いた一点に絞り来て、またしても大きな花を展《ひら》く。

赤いのがぱっと黄色く広がるや、どんと鳴って、その色を失いながら白糸のような条《すじ》を垂らして霧消した。

「夏ですね」

「うむ。夏だ」

田舎の花火には、都会の花火の華麗はない。だが、一発一発をいとおしむように眺めるから、それだけ心に沁みもする。これはこれでいい花火だ。

つづけざまにいくつか上がってのち、隣りに立つ初老の男がつぶやいた。

「次のがうちの花火だ……」

「九番、五号。いつまでもお元気で。爺ちゃんの還暦を祝って下城家孫一同」

空はいつのまにやら明るんだところもすっかりなくなって今や烏黒《まっくろ》だ。そこへ、男の火の玉がふらふらと昇る。そうして、黒い空の一点へ来てぱっと派手なのを咲かせた。花はいくぶん小さいが、散らした色は美しい。男が目を潤ませてそいつを眺めている。

「綺麗ですね」

声をかけたが男は返事をしない。

すでに消えてしまった花火を夜空にあるがごとく眺めている。まるでじぶんが咲きでもしたかのように眺めている。

山道の真中《まんなか》で大きな蛇が日光浴をしている。全身をだらりと伸ばしたなり、乾いた土の上に腹ばいして動じない。

蛇の頭上には、高いところに入道雲を肥やした夏空が広がっている。その深く青い空の只中に、一点、なにやら小さな黒いものが舞っている。その黒いものが突如、まっしぐらに墜っこちてきた。それはとてつもない速さで落下をつづけ、鷹だと気づいたときには、もうすぐそこまで来ていた。蛇は墜ちてくるそれに向かって自らをさしだすがごとく頭を持ち上げると、まっすぐに鷹の目を見た。羽を閉じた姿《なり》で真逆様《まっさかさま》になって蛇へと迫りながら、鷹もまた獲物を一心に凝視《み》ていたため、両者のまなざしがひとつにかさなった。瞬刻、鷹が大きな羽を広げた。急激な減速によろめきながらも、鷹はかろうじて蛇を跨ぎ、頑丈そうな爪で発止《はっし》と地べたを摑んだ。乾いた土埃が舞い上がる。

「なぜだ?」

視界を暈《ぼ》かす土埃が沈むのを待って鷹が問うた。だが、蛇は返事をしない。もういちど問うた。

「なぜだ。貴様はなぜ逃げないのだ?」

「わたしは……」蛇がぽつりといった。「飛べない」

「当たり前だ」

彎曲した鋭い嘴《くちばし》をひらいて、鷹が声を荒げた。

「わたしは飛べないが」蛇がつづけた。「この大空はわたしのものだ」

「それはどういうわけだ」

鷹が訊き返した。

「あらゆることに執着《しゅうじゃく》せず、心を転じて空を見れば、空はそっくりわたしのものだ。だから空にあるあんたもわたしのもの。わたしとあんたにへだてはない」

「それで逃げなかったというのか」

「ああ」蛇が答えた。「この身でよければ、悦《よろこ》んでくれてやろう」

「おれは」と鷹がつぶやいた。「なんだか貴様を食うのが嫌になった」

「それもよかろう」蛇がいった。「ものに囚《とら》われないことだ。さすれば、あんたは自在だ。あんたはたちまち世界の中心だ」

「だがそれでは」と鷹が不平そうな顔をした。「どうにも腹が減って困る」

「それはそうだ」蛇がちろちろと舌をだした。「ならば、わたしがあんたを飲み込んで進ぜよう。それであんたは金輪際、腹の空くことはないであろう」

蛇が鷹を飲みにかかった。鷹は随喜の涙に咽《むせ》びつつ、閑《しず》かに蛇に飲まれていった。

あらかた残っていた光りも失《う》せて、漆黒の夜へと向かうとばくち——煙霧のように拡がりはじめた闇が、止め処《ど》なく冥《くら》む誰其彼時《たそがれどき》にあって、それはまぼろしのように果敢《はか》なく燃えていた。

木木に鬱蒼と蔽《おお》われた渓流を夢中になって釣り上がっているうち、流れに浮かぶ毛鉤《けばり》もついには見えなくなった。沢伝いに帰るのでは時間を食いそうなので、じぶんは、林道を探そうと林に分け入った。そうして、足元も覚束ない鬱林を彷徨《さまよ》っている時、林の奥に小さな火を見た。不審に思ったが、明るんでいるのはまぎれもなく焱《ほのお》のそれだ。おそらく誰かが山の中で天幕《テント》でも張って焚き火をしているのだろうと近づいてみると、なんと人魂《ひとだま》であった。

人魂は、林の中でにんげんの背丈くらいな高さのところを燃えながら漂っていた。その焱の色は、赫赫《あかあか》と揺らめく焚き火のそれとはちがい、青くなったり時には色を失ったりと、何かがさかんに燃えているというよりは、酸素を失って消えかかったのが、それでいてまだ燃えたがっているといったふうであった。傍から見ているぶんには、べつだん恐怖はない。むしろ、あまり近寄ると驚かせてしまうのではないかといった危惧をかんずるくらいだ。山の小さな希少動物でも眺めるような心地といえばよいだろうか。じっさい、人魂は赤ん坊の頭くらいで、べつだん匂いもなさそうであり、それが淡い焱をまといながらふらふらと宙を飛んでいるさまは、なんともいえずかわいらしかった。

人魂は、木木を縫うように漂いながら林を奥へ奥へとすすんだ。

じぶんも誘われるようにそれに従《つ》いて奥へとすすんだ。

林の奥はいよいよ真暗闇であったが、人魂が通るそこだけは周囲が明るんで、林床に樹木の翳《かげ》を落としていた。このまま追えば、道に迷うのではと考えぬでもなかったが、人魂の照らす茫《ぼう》とした明かりには、なにより妙な安心感があって、じぶんは、従いて行くのを中途でなかなか思い切ることができず、結局、あとを追いつづけた。そうして、どこをどう歩いたものか、気がつくと、いつのまにか林道へ出ていた。

人魂は、道案内を終えると、別れの挨拶でもするかのようにじぶんのそばへと寄ってきた。焱はそばにあってもさして熱くはなく、かえって冷え冷えとしたものにさえかんじられた。そこで、じぶんは、触れてみたいという好奇心から、恐る恐る手を伸ばしてみた。人魂は眼前に浮かんだまま、逃げはしなかった。指先が焱の先端へ触れると、人魂は指をまとうように焱を揺らめかせた。揺らぐとき、人魂の心《しん》が一瞬露わになったかに見えたが、よくは分からなかった。ただ、じぶんの指先がわずか煤《すす》で汚れた。

その後、人魂は林の奥へともどって行ったので、じぶんも林道伝いに家へと帰った。

指についた煤は、洗っても数日の間、落ちずにあったように思う。

童心

子どもが遊んでいる。

畑の隅に尻を下ろして、一心にひとり遊びをしている。何をしているのかと覗き込めば、畑の土《べと》を捏《こ》ねていた。あさつゆに湿った土塊《つちくれ》を、崩しては固めている。そのせいで小さな両の手はすっかり汚れてしまっていた。だが、その汚れ具合までが、なんとも清浄に見えるのが、いかにも無垢な幼児らしいところだ。

「おもしろいかい？」

訊ねると、子どもは目を輝かせて首肯《うなず》き、またぞろ遊びへともどった。子どもの全身からは乳の香りが匂い立つようである。

子どもの背後に蹲踞《しゃが》んでそのようすを眺めていると、尾と肢の先が白い黒犬が寄ってきて、ふたりの間に割って入った。犬は子どもよりもはるかに大きい。そいつが艶黒の図体をすり寄せて、さかんに子どもの手元を嗅いで廻るものだから、子どもは「だめっ」と叫んで犬を叱った。怖《おじ》けることなくなんども頭を叩いてくるので、犬はついに降参し、尻尾を垂らして他所《よそ》へ行ってしまった。子どもはまた土を捏ねだした。

頭の上には、梅雨時の雲がどんよりとのしかかっている。水気をたっぷり含んだその重そうな雲を、今のところは、空の底がどうにか持ち堪《こた》えてはいる。だが、雲の重さを支えきれなくなって、底が割れようものなら、すぐにも大粒の雨が落ちてくるにちがいない。

そろそろ家に入ろうと誘ってみたが、子どもはどうあっても聞き入れない。四辺《あたり》が薄暗くなるなか、子どもはひとり夢の中にあって、自在に心を揺《うご》かし、それでいて無心に遊んでいる。比べて、じぶんはというと、きわめて有心《うしん》である。子どもの夢が解せないから、見ていてもつまらない。早く家に入りたい。

そうこうするうち、眼前の畑が急に真暗《まっくら》になった。東西に引き絞って模《かたど》った三角の形そのままに、向こう山が黒くなる。いよいよ降るなと思ったそのとき、雲が裂け、裂けたあたりから細い条《すじ》をひいた光りが幾本も射した。光りは山裾に広がる森へと落ちている。じぶんはなんとなく目を奪われるがごとくその光景を眺めていた。彼岸《あちら》の森は明るいのに此岸《こちら》は暗闇の中という不思議な絵だった。

子どもはそんなことにはいっこう気を向けず、暗い手元を凝視《みつめ》て一心に遊んでいる。大きくなればこの子にしたところで、その暗い手元にも知恵の光りが射すことだろう。そのとき、この子を夢中にさせた童心は、暗い中を照らされて溶けてなくなってしまうのであろうか……。

雨はまだ降らない。

だが、降ったところでこのまま遊ばせておくまでだ。

地力

連日の雨に畑の雑草がずんずん茂る。刈っても刈っても追いつかない。

「そら、おめえ、いいことだず」

「どうして？」

「そら、おめえ、草がよく茂るってのは、土《べと》がいいから茂るんだわ」

新次郎さんの話によると、草が茂るくらいの畑でないといいものは作れないらしい。現代の農業では、ともかく薬を使ってでも草を枯らして茂らせない。そのうえ、化学肥料をくれるから地力が落ちる。地力を失った畑は、もはや畑とは呼べないそうだ。

「地力ねえ」

「そうさあ。地力が無《の》うなれば何事も駄目になるだ」

「何事もですか」

「へえ、何事もだ」

「じゃあ、にんげんもやっぱり――」

「ああ。地力が頼めんようになると、にんげんさまだって墜死《おっち》んじまうだ」

「にんげんさまもねえ……」

新次郎さんのいう「地力」とは、万物に備わる自然の力のことなのだろうか……。よくは分からないが、にんげんだって草木と同じように自然のなかに住まいする生きものであることにはちがいない。

「じゃあ、新次郎さんの地力はどうだい」笑いながら、揶揄《からか》い半分に訊ねてみた。「まだ、頼めるかい？」

「そうさなあ」新次郎さんが少し考えてから答えた。「そら、おめえ、まだいくらか大丈夫のようだが」

「そりゃよかった」

「けどなあ」こんどは新次郎さんが笑った。「せっせと肥やしをくれてやらんと駄目になるわい」

「肥やし？」

「そうさあ。だもんで、これから少し肥やしを鋤《す》き込むこととするかの」

そうして、その日は明るいうちから新次郎さんと酒を飲んだ。

新次郎さんは滅法酒好きな爺さまだ。じぶんも嫌いじゃない。いや、うんと好きである。けれど、新次郎さんには敵《かな》わない。

新次郎さんはもっぱら焼酎だ。度数の強いのを割らずに飲む。

そうして、新次郎さんはそいつを今日もせっせとじぶんの体へと鋤き込んでゆく。

雨後

雨が降ってのちは、殊《こと》のほか陽が煌《きらめ》く。

大粒の雨に繁吹《しぶ》いた森の緑は、雨粒の透鏡《レンズ》に光りを通して清新な色をとりもどし、雨が上がったのを歓《よろこ》ぶ鳥たちは、姿を見せぬまま、声だけが羽ばたいて森の奥を飛び交っている。

湿った地に雨の匂いを嗅ぎまわりながら、黒犬が首《こうべ》を垂れ、歩いている。

澄んだ気界に充溢《じゅういつ》する光りに照らしだされた向こう山は、新緑が鮮やかに明るんで、目にも清《すが》しい。

「お父ちゃん」祥太郎がいった。「雨上がったよ」

「ああ、上がったな」

「よかったね」

「そうさ」じぶんが答えた。「よかったよ」

わああと叫びながら祥太郎が駈《か》けだした。

騒ぎにつられた犬もそのあとを追って走りだす。祥太郎は犬に気づいて追いつかれまいとなおも走る。畑の縁《へり》に来て追いついた犬が、祥太郎に飛びかかった。歓声を上げて祥太郎が高く跳ねる。つられて犬もわんと吼えた。そうして、犬も負けじと高く跳ねる。

ふたつの護謨毬《ごむまり》が邪気無く跳ねているのを眺めていると、あんまり楽しそうなので、じぶんもひとつ跳ねてみたくなった。それで、少し跳ねてみた。膝を畳み、地を蹴る。大地を離れてじぶんの体がわずかに浮き上がった。そうして、浮き上がったと思いきや、地に下りた。雨を吸って柔らかくなった土《べと》の上に、じぶんの足の裏が刻印された。

じぶんは地を踏めることの有り難さを想った。

山仕事で事故に遭い、先日まで長い間入院生活を強いられていた身だった。久しぶりの我が家は、なんだか古ぼけて見えたが、自然は以前にもましてまぶしく、息子は背が伸びた。

「お父ちゃん」祥太郎が遠くで叫んだ。「雨上がったよ。約束だよ。どこか遊びに連れてってくれるんでしょぉ」

じぶんは大袈裟に首を前へ倒してみせて、分かってると応えた。

たちまち、ふたつの護謨鞠が弾みながらこちらへ転がってきた。

じぶんは両手を広げて待ち構えた。待ち構えるじぶんの心も、次第に護謨鞠のごとく弾みはじめる。

小さな護謨鞠が大きな護謨鞠に勢いよくぶつかった。小さな護謨鞠を抱え上げた大きな護謨鞠の周囲を、黒い護謨鞠が吼えながら跳びはねる。

雨後に耀《かがよ》う陽の光りが、三つの護謨鞠を照らしている。

あんなことをしでかしておいて、それでいて本人は恬《てん》として恥じる気色《けしき》もないのだから困ったものだ。

「てめえは、いったいどうするつもりだ」

「どうもこうもあるかい」金太がうそぶいた。「おれの知ったこっちゃねえ。文句があるならうけてやらあ。ぶん殴られたい奴は表へ出ろお」

事の顛末はこうだ。夏祭りの晩、したたか酔った金太が誰彼かまわず喧嘩をふっかけた。そうして暴れに暴れ、聚落《むら》の寄合所を滅茶苦茶に壊した。紙が破れ、骨の折れた障子や襖は合わせて十三枚。責任をとって弁償しろと長老が諭《さと》しても、本人はてんでいうことを聞かない。それどころか、祭りの晩はたいてい喧嘩の起こるもんだと、まるで他人事だ。そこで聚落の者が相談し、ここはひとつ金太を懲らしめることにした。

「で、懲らしめるつうても、どうするだ？」

「野郎はなんせ馬鹿力だもんで、下手をするとこっちがやられるで」

「だから、野郎より強いのを連れてくるだ」

「そんなのがここらにおるかい？」

「それが一人おるんだわ」

相談《はなし》がまとまって、聚落の者たちは一席もうけ、先の騒動の手打ちと称して金太を誘った。そこで、皆は金太をおだて、酒をしこたま飲ませた。それから、酔いが廻りはじめた頃合いを見計らって、手筈《てはず》どおり喧嘩をふっかけた。そうして、知らずに喧嘩を買った金太がいつものように暴れだしたところへ、客を招き入れた。客はほかでもない金太の母親である。隣り聚落で長男と暮らしている母親が、思いもかけず姿を現したものだから、まごついた金太は急におとなしくなった。こうして、金太は古畳の上へ正座させられ、母親の説教がはじまった。

金太の母親は、元来この聚落の出ということであった。体こそ老いて縮んでしまってはいるが、分校の教師を永年勤めていただけあって、説教も堂に入《い》っている。七人兄弟の末っ子だった金太は、ことに甘えん坊だったから、母親には今もって頭が上がらない。策は図に当たったらしい。

「おいはなぜ説教されとるのか」母親が低い声でいった。「それを分かっとるか」

「……」

「聞いとるのか、キン！」

「聞いとるよお」

だが、聞いているのは金太ばかりではなかった。聚落の者たちもまた、その年季の入った説教の見事さに聞き惚れていたのである。

岩魚

流れる沢の面に木漏れ陽がちらちらと揺《うご》くのを見て陽が出たのを知った。入渓したのは陽が昇る前だったので、まだ渓谷は暗かった。このあたりは四方を山に囲まれているから、陽が山の端から顔を出すまでには時間がかかる。

天上からの幾条《いくすじ》もの光りが、森の奥の闇を袈裟懸けに斬り結んで、明るい秩序を生みだそうとしている。鳥たちが、そこかしこで挨拶をかわしはじめるのが、光りの交錯する自然の景に活力をあたえ、こちらの気持ちも弾んでくる。岩に砕けた水の飛沫《しぶき》に葉を湿らせた沢山葵《さわわさび》が、岩の陰から茎を伸ばして白い花を咲かせているのがまぶしく映る。目指す穴場はすぐそこだ。

渓を上るにつれ、樹木が光りを奪い合うように枝葉を伸ばして流れに繁く暈《かぶ》さっているから長い竿は使えない。なので、テンカラ用の短竿を用意した。これなら、大きく振りかぶらなければ、うまい具合に流れに竿を出すことができる。昨晩巻いた毛鉤《けばり》の中から、白っぽいのを選んでハリスに結ぶと、さっそく浮かべてみた。

大きな岩のうしろの淀みを狙って毛鉤を着水させると、すぐに反応があった。ばしゃと音がして水面が割れた。毛鉤に触りはしたが、合わせがうまくいかずに魚はそのまま水底へ潜ってしまった。釣れはしなかったものの、幸先《さいさき》がいい。心が浮き立った。とそこへ、目の端になにやら動くものが映った。それは、流れの上《かみ》のひときわ大きな岩の手前を飛びはねた。そうして、そのまま岸に上がってもぞもぞしている。よく見ると、濡れた岩床の上を、尺はあろうかという灰銀色の岩魚《いわな》が、木漏れ陽を受けて光っていた。すぐさま、じぶんは、今釣り逃がしたあの岩魚にちがいないと思った。あの岩魚が向こうまで泳いでいって跳ねたのだと思った。岩魚は、体長のつまった蛇が蛇行でもするかのように、魚体をくねらせ岩床を這っていた。いや、這うというよりは歩いているといったほうがいいかもしれない。岩魚は、岩床を歩いてなおも上流を目指すらしい。

じぶんは、竿を畳んで岩魚についていった。

岩魚は、先を歩きつづけた。じぶんもいっしょうけんめいあとにつづいた。

歩くほどに渓はいよいよ深くなって、林影は黒黒とし、あたりは朝だか晩だか区別のつかぬくらいに暗くなった。いつしか森の鳥の声も遠ざかって、沢の流れの音だけが耳に立った。じぶんは、耳鳴りのごとく流れるその音を聴いているうち、なんとなく心が澄んでくるような気がした。

岩魚は、じぶんが遅れると、立ち止まった。そうして、追いつきそうになると、気配を察してか、振り向きもせず、ふたたび歩きだした。

沢の飛沫がときおり顔にかかる。それがぬらぬらするようであるのが、いかにも魚体のぬらつきであった。

じぶんは、岩魚になるまで歩きつづけようと決めて、暗い沢をどこまでもついていった。

影法師

夏の暑さのせいかもしれない。

じぶんはあきらめのこころになった。これ以上頑張っても無理なのだと己《おの》れにいい聞かせ、ひとり山道に立ち尽くした。無理を承知でここまでおしてきたのはじぶんである。それは分かっている。だから精一杯やりもした。やれることはすべてやった。これ以上どうしろというのだ。あきらめるよりほかに手はないではないか……。

じぶんはひとけのない山道に立ち尽くしたなり、道に貼りつく己れの影法師を見ていた。

足先から伸びる影法師は、灼けるような陽に炙《あぶ》られ、焦げついた色をしていた。じゅうじゅうと啼《な》く蝉の声が、谷に屹《き》り立つ岩壁を撲《う》って撥《は》ね返り、じぶんの頭の上へ来てぐるぐると渦を巻いている。その喧《やかま》しさに抗う力さえすでに持たないじぶんは、観念して、わざと喧騒の中へ己れを擲《な》げだした。すると、渦を巻きながらわんわん響いていた蝉の声は、じぶんがそれへ耳を澄ますほどに、声そのものの反響の中へと次第に沈み込み、ついには足元の影法師へと染み入って、消えた。じぶんは閑《しず》けさの中へひとり取り残された。

寂しむじぶんを見かねてか、影法師が声をかけてきた。

「どうだ、静寂の中にひとりおるのは」

じぶんは、墨染めの衣《ころも》を着けた影法師の涼しげな姿《なり》に目を奪われ、すぐには返答出来なかった。

「口も利けないほど駄目になったか」

影法師が嘲《あざけ》るようにいった。じぶんはにわかに腹を立てて影法師を睨みつけ、「駄目とはなんだ」と食ってかかった。

「己れを見限ったのは」影法師がこちらを指さしながら、凄みのある声を利かせた。「ほかならぬ貴様じしんではないか！」

じぶんは二の句が継げずに下を向いた。顎の尖《さき》から汗が滴り、影法師の這う乾いた地べたへ落ちた。汗は、たちまち影法師に吸われた。

「貴様はもう――」

影法師が冷たい声でつづけた。じぶんは、その先を聞くまいとして激しく頭を振った。そうして、影法師の声を振り払い、己れの裡《うち》に己れの声を響かせた。

「見限りはしない」

じぶんは、拳を握って臍《へそ》の下に力を入れると、頭の中でなんどもその同じ言葉を繰り返した。すると、額を滝のように流れていた汗がひいて、不思議なことにもう暑いとは思わなかった。そうして、喧しい蝉の声がふたたびじぶんを取り巻いた。

じぶんは、影法師を置き去りにして歩きだした。

夏野

林のいたるところで蟬が啼《な》いている。

その虫の音《ね》は、まず林の中でわんわんと反響して音圧を増し、それでいて音それ自体の厚みに溺れるでなく、音の塊りとなって林を一巡すると、そこを脱けだして明るい夏野へと散ってゆく。

その野に散った音塊《おとくれ》のひとつが、たまたまそこに居たわたしにぶつかって、わたしの鼓膜を震わせた。そうして蟬は、わたしの中の深いところで啼きはじめる。


それでわたしは聞いたのだ。

　蟬が啼いているのを……。

それでわたしは知ったのだ。

　蟬がわたしの中で啼いているのを……。


わたしのいたるところで蟬が啼いている。

光りまぶしいこの夏野に、草葉は猛猛《たけだけ》しく茂り、わたしはその草いきれで酔いそうになる。

わたしの中の蟬は、もう長い間、わたしの中でその虫の音を響かせている。そうして次第にわたしの中でわたしじしんと響き合ううち、蝉が啼いているのか、わたしが啼いているのか、わたしに判然しなくなる。

もちろん、蝉が啼いているであろうことは、頭では分かっている。だが、よしんば蝉が啼いているのだとしても、わたしが泣いていることにも疑いはない。なぜなら、わたしじしんがそれを聞いているからだ。


それでわたしは聞いたのだ。

　わたしが啼いているのを……。

それでわたしは知ったのだ。

　わたしがわたしの中で泣いているのを……。


わたしのいたるところでわたしが泣いている。

この光りまぶしい夏野にあって、わたしは泣きながら蝉が啼くのを聞いている。蝉はうたかたの命をいとおしみ、その前世を貫いて、いまここに啼いている。そうして、わたしもまた、いまここを泣いている。わたしも夏もその畢生《ひっせい》の短いのは蝉にひとしい。

皆、儚《はかな》んでいる。

朝霧

朝の霧で山が煙っている。

杖を突いて歩く老人のうしろを、女の子がひとり、サンダル履きで駈《か》けてくるのが見える。鳥たちのさかんに啼《な》きかわすのが、老人の歩む先に見える大きな木のあたりから聞こえてくる。

聚落《むら》の真中《まんなか》に立つこの大木は、老人が生まれた時にはすでにあった。男衆《おとこしょ》は立派なこの木を誇りにし、毎年注連縄《しめなわ》を巻いてきた。女衆《おんなしょ》は、その枝ぶりを好ましく思って、毎日この木陰で話し込んだ。人が集《つど》う大木のそばに聚落《むら》の公民館を建てたのは、五十年も前のことだ。その時分は、老人も若かった。一生懸命はたらいた。

鼻歌を口ずさみながら、女の子が老人に近づいた。老人は、前を向いたなり杖を運びつづけ、大木へゆっくりと歩み寄っている。おはよう、と女の子が声をかけるが、老人は振り向くようすを見せない。

「ねえ、おはようってば」

女の子の大きな声にようやく老人が振り返った。目尻に深く皺を刻んで笑う。

「ねえ、あの木、何て名前？」

女の子の問いに、老人は笑みを返すばかり。業を煮やした女の子が、手をとって木の陰へと老人を誘《いざな》った。ほら、この木だよう、と女の子。

「おおきいなあ」

老人が見上げていい、女の子の頭をひとつ撫でた。

山を覆っていた霧が、渓伝《たにづた》いに下って次第に聚落へと迫ってくる。

山肌を下る霧の、下るにつれて拡がりながら失った厚みの、淡い光りを孕《はら》んで生きもののごとくうねるそのさまは、穏やかな裡《うち》にも、どこか生きものじみた動態を忍ばせ、山裾は、見る間に白く染まった。霧はいったん麓に溜まると、その色に濃《こま》やかな深みを宿しはじめ、だが、ひんやりと固まって、その輪郭を定めにかかればかかるほど、霧は霧であることのありどころから疎遠になり、すぐさまその形《なり》を取り消しにかかる。そうして、霧は霧であり続けるために、聚落の中をふたたび拡がりはじめる。

霧が走る。広場や公民館や大木を呑みこもうと走る。けれども、霧の中にいては、霧が走っているなどとは思えない。外から眺めることでそれと知れる。ふたりにしてもそうだった。

霧がふたりを包むと、大木のそばに立つその姿は白く霞《かす》んだ。だが、霧の中のふたりには知らぬことだ。走る霧に呑みこまれ、その姿は霞んでも、互いの命ははっきりと見えている。

ほどなく霧は晴れた。

露わになった山肌に、初夏の緑が耀きはじめる。

発見

夕まぐれの薄暗いなかで、わずかに赤味わたった光りがつるんとしたその顔に陰影を刻み、祥太郎はいつになく分別くさいおとなの表情を見せた。

日中の熱を吸った夏の木立が、日の暮れとともに暗く沈んで、早くも冷めつつある。山里の家家にも、ぽつぽつと明かりが灯りはじめた。

「もう帰ろうぜ」

連れの少年がいった。

「見つけるまでは駄目だよ」

憮然として祥太郎が応えた。

「探すったって、こんなに暗くなれば無理じゃんか」

もうひとりの少年が投げやりにいった。

「だいじょうぶ」祥太郎が力の籠もった目を見開いた。「絶対見つける」

放課後、この林にやってくるなり、少年たちはある昆虫をずっと探しつづけていた。捕まえた昆虫を持って東京へ行く。そうして、大学の偉い先生のところへそいつを届ける。絶滅を危惧されているその希少な昆虫を見つけることができれば、東京に行く費用くらいは学校が出してくれると教えてくれたのは、近所に住む源爺だった。ここらの林にはそういった虫が居るやもしれぬ。祥太郎はそれを聞いてたちどころに心が躍った。

祥太郎は、東京へはまだ出たことがない。いちど行ってみたいと思ってはいたが、これでその願いが叶うかもしれない。それで、すぐに友だちを誘った。どうあっても昆虫を見つけだし、みんなで東京に行こうと誓い合った。だから、いいだしたのはじぶんであるし、見つからないからといって、今さらあとには引けない気持ちだった。

小高い丘の上の木立から見下ろせば、山里の聚落《しゅうらく》は実に小さかった。祥太郎は、はじめてそれを真に発見した気がした。そうして、あの小さい中でこれまで育ったのかと思うと、腹の底を突き上げてくる焦《じ》れた熱の塊りのようなものに、全身が熱《ほて》るような気がした。

「また明日探せばいいじゃん」

連れの少年が口をとがらせた。

「おれ、腹へっちゃったよ」

別の少年がつぶやいた。

それなら先に帰りなよといい置いて、祥太郎はひとり林へともどった。とはいえ、林の中はすっかり暗く、手元すらもうよくは見えない。

祥太郎は、じぶんじしんの中に手を突っ込むような心持で、林を探《さぐ》りつづけた。

虹

戸口を出ると思いがけず虹に会った。北東の町の方角から、南西の山の端へ太いのが一本、でれっと架かっている。これでもかと鮮やかに浮かんでいるさまは、見ているこちらが気恥ずかしくなるほど立派だ。

飯を詰めたばかりの温もりの残る弁当箱を抱えたなり、軽トラックの扉を開け、体を小さく折りたたんで乗車すると、家を出た。運転しながら、時おりさっきの虹を探したが、見えるはずのそれはどうしたって見つからず、消えてしまったものか、どこかに隠れているのか、よく分からなかった。前方に迫る山は、雨が上がって勢いを取りもどし、いよいよ青くなって、ところどころまぶしく光っている。道の両脇の木木が水気に膨らんで、いい匂いがする。枝が鳴り、木が顫《ふる》え、山が揺れる。走る軽トラの中にまで、その風がわたった。

湖岸では、シゲがすでに糸を垂れていた。離れた場所に車を停めると、荷台に載せてあった竿を摑み、跫音《あしおと》忍ばせ近づいた。目で合図して、こちらも静かに竿を出す。

シゲが寄ってきて声をひそめた。

「野郎、今日はまだ顔を出さねえわい」

そうして、水際の草の茂ったところを指差した。

大岩魚は、シゲの示すこの水辺の真下あたり——見えない湖底にいつも独りで潜んでいる。気が向いた時には周辺を回游《うろつ》くが、多少なりとも異変を察知すると、尾を振ってすぐさま隠れてしまう。気難しいそいつをなんとか釣り上げ、剥製にあつらえたい。そうして、その巨大で怪異なる姿を崇め、誇らしく満足したい。ここ何年もそのような野心を抱えてこの場所で竿を出しているのだが、いまだそうした満足を感じ得ること叶わず、まあ、おそらく今日も駄目だろう。

「大《で》けえ虹だない」

シゲが空を見上げてつぶやいた。

虹は、いつの間にやら頭上にあった。この虹が、さっき見失ったそれなのか、新しく架かったものなのか、そいつは分からない。ただ、シゲがいうように、やっぱり大きいにはちがいない。あんまり大きいので、ふたりして上を向いたまま、しばらくの間、見惚《みほ》れていた。

とそこへ、大岩魚がふいに姿をあらわした。湖岸から突き出た二本の竿を気にする素振りも見せず、大岩魚はじぶんたちの足元でゆったりとのたくっている。その泳ぐところへ、鏡のような水面《みなも》に映り込んだ虹が重なった。ふたりして思わず息を呑んだ。その美しい取り合わせに、動かずにいてくれと願ったが、大岩魚は、まもなく岸辺の水草の茂みの中へと隠れてしまった。

おそらく今日も釣れないだろう。

けれど、それでいいような気もする。

蚊帳

蚊帳《かや》を吊るのはじぶんの仕事だ。これだけは、女房にいわれずとも率先してやる。少少骨は折れるが、苦にならない。孫たちの喜ぶ顔が目に浮かぶ……。

息子家族の車は、ほぼ時間どおりに着いた。幼いふたりの孫は、去年とは見ちがえるくらいに成長していた。挨拶もそこそこに招き入れ、畑で獲れたばかりの玉蜀黍《もろこし》を振る舞う。食べ終えるとふたりの孫は、家中を騒がしく跳びまわった。

「あんたたち、そろそろお昼寝の時間でしょ」

「ねむくないもん」

「眠くなくてもお昼寝するの」

母親が叱るのをいいことに、

「じゃあ、爺ちゃんといっしょに寝るか」

ふたりの孫を誘った。

三人で蚊帳の中に入る。線香の匂いがする。孫たちは、先にもまして大はしゃぎしている。

「おうちの中におうちがあるみたい!」

「もう体育館で寝なくてもいいんだね」

ひと騒ぎすると、ふたりともすんなり眠りはじめた。子どもとはいえ、避難生活での疲れは、おとな同様、かなり溜まっていることだろう。こちらは、もとより昼寝などするつもりはないのだから、眠りこけるふたりの孫の顔を飽きもせず眺めている。

縁側から風が吹きよせる。

蚊帳は、やわらかな風を孕《はら》んでふんわり撓《しな》うと、円《まど》かにゆったり波打った。そうして、鎮《しず》まった蚊帳の底では、孫たちが安心して眠っている。

世にこどもの寝顔くらい罪のないものはない。

安らかな寝息。あどけない顔。いかさまこの平穏を脅《おびや》かしてなるものか。――守ってやれるのは、大人しかいないのだ。この国がいかに汚《よご》れてしまおうとも、この子たちの寝顔を汚《けが》すことはけっして赦《ゆる》されることではない。そもそも、罪はじぶんたち大人のがわにある。だから、今こそ、じぶんたち大人が……。

と、ここで目が覚めた。蚊帳を吊ったはいいが、くたびれて、そのまま知らぬうちに眠ってしまったらしい。慌てて蚊帳の中から這いだし、カレンダーを確かめた。

良かった、まちがいない。

明日は息子家族がやってくる日だ。

閑古鳥

向こう山の上に鉛色の雲が暈《かぶ》さるとかならず雨になる。雲は見る間に渓間《たにあい》にある山里へと流れてき、四辺《あたり》が暗くなったと思いきや、どろどろと雷が鳴りだす。そうして、ぼつぼつと大粒の雨が畑へ落ち、土《べと》を湿らす。乾いてごつごつと荒れた土塊《つちくれ》が雨に黒く濡れ、潤いを得て、やわらかになる。萎れていた畑の作物も、元気を取りもどしていちように葉をしゃきんと広げた。ありがたい。

「大豆はそろそろ蒔《ま》いてもいいかなあ」

「へえ、そろそろだず」

雨になったので、萱葺《かやぶ》きの婆やんの家で茶を飲んでいた。この婆やんは、自宅の萱葺き屋根を守るために、年中、ひとりで萱を刈っている元気な婆やんだ。

「郭公《かっこう》は啼《な》いたかい？」

婆やんが茶を淹《い》れてくれながら訊ねてきた。

「郭公？」じぶんが答えた。「そういや郭公が啼くのはまだ聞かないけど」

「ならさあ」婆やんがいった。「豆蒔くのはもう少し待ったがいいねえ」

「そうかねえ」

「昔からいうだもの。郭公の啼く時分に豆を蒔けってなあ」

婆やんがいう昔なら、たいそう昔にちがいない。そういうたいそう昔のひとが、こうしたいろいろな知恵を授けてくれる。ありがたい。

じぶんはその日から、郭公が啼くのを心待ちにした。去年の大豆はあまり出来がよくなかった。今年は味噌を仕込む年なので、なんとかうまく実らせたい。


婆やんに話を聞いてから幾日かのち、朝、待望の郭公が啼いた。

「郭公、啼いたよ」

じぶんは嬉しくなってわざわざ婆やんに知らせに行った。

「なら豆蒔きな」

急いで畑に行って大豆を蒔きはじめた。麹がなくとも味噌になるほど甘いとされる「コウジイラズ」という名の地元の在来種だ。

森の奥のどこやらで、郭公がまだ啼いている。

郭公の別名が「閑古鳥」とは、うまくできたものだ。畑にはじぶんひとり、ほかには誰の姿もない。郭公の物悲しい声が森に響くのを聴いていると、なんだか頭の心《しん》までが閑《しず》かに寂しんでゆくような心地がする。ありがたい……。

墓場

仕事を頼まれた。出向いた先は墓場だった。

小さなものでも大人の背丈くらい、巨《おお》きなのになると十メートルはあるだろうか。材質は石や鉄、ステンレスに青銅《ブロンズ》とさまざまだ。それらはいわゆる彫刻作品と呼ばれるもので、ここはなんらかの理由で展示されなくなった作品をひとまとめに安置してある、いわば彫刻の墓場であった。

ここから見える山の頂きには美術館がある。そこには野外にさまざまな彫刻作品が展示されており、ここにあるものもかつてはその美術館で展示されていた作品群にちがいない。だがいまは、鑑賞者が訪れることもなく、屋根のない壁で囲われただけの森の只中に、こうして犇《ひし》めきあっている。じぶんが頼まれた仕事というのは、この彫刻の墓場の掃除であった。

刈払機や鎌を使って、猛猛しく繁茂する草を刈る。草だけならまだしも、長年放置されていたと見え、木が生え、蔓が搦《から》んでしまっている。木は径が数センチのまだ幼木ではあるが、容易には伐れない。彫刻たちの周囲や、ときには作品の中の空洞箇所から生えているものもあり、おまけに幹には鋭い棘《とげ》がある。作品に搦んで葉を開きはじめている蔓にいたっては、太いものでは木よりも径《まさ》の勝るのもあって、それらは、彫刻たちの眠りを醒まさぬよう、安易にひとを近づけないための、いわば墓守のようにも見える。汗だくになりながら、その墓守たちを伐り払っていく

（ここの彫刻は、もはや作品ではない。ここにいると、作品はしかるべく展示されることで作品たりえるということがよく分かる。作品にもいのちがある。だが、それらのいのちはこの墓場に来た時点で涸《から》びている）。

日銭を稼ぐため、与えられた仕事に励んでいると、急にどろどろと雷が鳴って、雨が降りだした。空は明るいのに、大粒の冷たい雨が激しく落ちてくる。すると、死んでいたはずの彫刻たちがいっせいに息をふきかえした。かつて刻まれたいのちが、濡れて光り、彼方此方《あちこち》でざわつきはじめる。

分厚い鉄板を張り合わせたような作品が、草の中から立ち上がった。牛をイメージしたようなその鉄の塊りが、雨に錆を流しながら、草を食《は》んでいる。向こうでは、青銅の、これも牛なのか、彎曲した角を下げ、緑青《ろくしょう》を吹いた鼻の頭から全身を伝う雨を滴らせながら、やっぱり草を食んでいる。そうこうするうち、ありとあらゆる彫刻作品が、どれもみな草を食みだした。そうして、それらはひとつひとつまったく別個の作品であって、材質や造形もそれぞれにちがっているはずなのに、そのどれもがことごとく牛である。じぶんは、墓場に犇めきあういのちの、にわかに催された奇妙な饗宴に怖気をふるって退散した。

墓場を出た途端、歓声するのが聞こえた。べーべーと顫《ふる》える声だ。それは、まさに牛の鳴き声そのものだった。じぶんは、背すじに嫌な汗が伝うような気がして、道を急いだ。

未来

ここに一本の大きな落葉松《からまつ》の木がある。まっすぐに伸びた幹から何本もの太い枝が出ていて、樹冠に近いものは天を突き刺すように上を向いて伸びているが、根に近い古い枝は地に向かって撓《しな》っている。なかには、冬の雪の重みに耐えきれず、折れてしまったのもあり、枝元で裂けたあとが荒荒しくそのままに残っている。遠くから見れば三角に樹形の整った一本の木でしかないが、近くで見れば、太くごつごつとして力感があり、永年の風雪に耐えた偉容の迫力が、見る者に直に伝わってくる。

うら若き彼女はその落葉松の大木の下で幹にそっと手を当て、瞑想するがごとく目蓋《まぶた》を閉じた。そうして、ふたたび目を開けると、おもむろに木を見上げた。針葉の密なるを貫いて、陽の色が濃くさやぎ、その光りの喧騒は目を開けていられないほどだ。やがて、下から見上げた木の、上にある枝と下から伸びる枝との遠近が失われると、それらは近づいたり離れたりしながら、けっして収束することなく、降りそそぐ光りのなかにあって、焦点の定まらない像を結びにかかった。強い眩暈《めまい》をかんじながら、それでもなお見上げていると、ここに及んで突然、彼女の頭の中にひとつの映像《イメージ》が浮かぶ。それは、一瞬のことだが、非常に鮮明なもので、いかなる彼女の記憶に照会しても合致しない、それでいてどこか回顧的ですらある奇妙な映像だ。彼女はその映像を深く

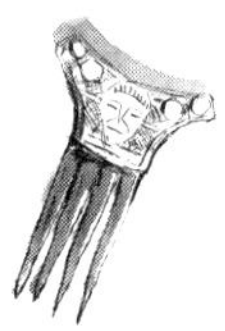

脳裡に刻むと、静かに木を離れた。

彼女の予言は、どれもみなこうした映像に基づいている。彼女の得た映像は、往往にして、未来を探る手掛かりと成り得る断片を明示している。また、時には映像それ自体が、来るべき未来をそっくり映している場合もある。いずれにせよ、未来は、彼女の頭の中に、ある種の既視感を伴った映像として立ち現れる。彼女にとって未来とは、視覚として蘇る経験そのものであった。

これまでの予言がことごとく当たっているのを知っている人人は、いつだって彼女に次なる予言をねだった。彼女もそうした人人の要請に応えてきたが、あるとき、その彼女が突然、次の予言が最後である旨を宣言した。人人は、終わりのない求めに疲れてしまったのだろうと噂し、大いに残念がったが、彼女の気持ちがけっして変わらないのを知ると、不承不承あきらめた。

そして今日、最後の予言がなされた。人人は、彼女の語るのを聞くうち、それがなぜ最後であるのか、その理由を知ることとなった。人人は、あまりに絶望的な内容に騒然となった。ある者は、聞かねばよかったとつぶやいた。ある者は、こんどばかりは外れるに相違ないと請け合った。人人は、過酷な未来をどう迎えればよいのかについて、話し合いつづけた。

人人の前から姿をそっと隠した彼女は、あの落葉松の下にいた。木を見上げ、降りそそぐ光りを全身に浴びながら、いつしか彼女は老婆の顔になっていた。そうして、目尻に深く皺を寄せると、過去を空想し、未来を懐かしみつつ、水晶のような泪をひと粒こぼした……。

山椒魚

にわかに風が立って、水楢《みずなら》の木の葉がそよいだ。風に流されたひぐらしの声が、森のなかにぽっかりと穴のあいたようなこの湧水地をひと巡りするように響いて、沈む。湧き水は巌《いわお》の裂け目から間断なく滴り、その濡れた岩床を注意深く歩いて、これと思った石を摑んでは返しする祥太郎の蹲踞《かが》んだ背に、木洩れ陽がさやさやと動く。

めくった石の下にようやく山椒魚を見つけた祥太郎は、そいつを鼻先へ持ってきて、仔細に眺めた。一見して守宮《やもり》にも似たそれの、ぬらついたその小さな手足には、にんげんのと同じように細かく枝分れした指が完全として備わっている。だが、それがあまりに小さいがため、かえってその全うさが、仰仰しく気味の悪いものに映る。黒く光っているとだけ思われたその皮膚には、蛇のような鱗こそないものの、よく見ると、鰻のしっぽのごとき尾にかけて、全体に微小なイボが並んでいて、体色の黒にはところどころ薄い茶も混じっており、中央には谷に窪んだ背骨のあとさえくっきりと見てとれる。祥太郎はとても駄目だと思った。立ち上がって二三歩後じさりした祥太郎は、森のなかにぽっかりと穴のあいたようなこの光りまぶしい湧水地の、緑金に耀く木木に囲まれてひとり、揺らぐ心を抱えてじっと立ち尽くしたなり、考えた。——こいつを生きたまま飲めば、寝小便が必ず治ると教えてくれたのは爺ちゃんだ。これまで苦い柿のヘタを煎じたのも試したし、臍の灸の熱いのにも耐えたが、寝小便は治らなかった。爺ちゃんのいうように、あとはこいつを飲むしか残されていないんだ……。

しばらくの間考え込んでいた祥太郎であったが、いよいよ肚を決めると、色の褪せたそのくちびるをきっと結んだ。そうして、ひと呼吸置き、そいつを思いきって口の中へと抛《ほう》り込んだ。全神経が、いちどきに口腔へ集まる。山椒魚が、その短い手足を忙《せわ》しなく動かして舌の上を這い廻るのが手にとるように分かる。味はしない。だが、口に抛り込んだだけでは、じぶんから胃ぶくろに落ちてはくれない。なので、祥太郎は、意を決して飲みにかかった。いっぱいに膨らませた頬を一気につぼめ、舌を咽喉元《のどもと》へと縮めてみる。うまくいかない、もういちど……。

……飲めない。日ごろあれほど自然にこなしている飲むという動作が、なぜかできない。祥太郎は焦った。山椒魚も足掻《あが》いた。口の中で暴れる短い手足が、舌先や咽喉元を撫でる。唾が溢れ、閉じた口の角から涎《よだれ》が垂れてくる。気が遠くなるような心地がする。無理かもしれない。いや、無理だ。祥太郎は、堪らず口を開け、川砂の上にどっと膝を突き、両手を投げ出して下を向くや、胃の中のすべてを吐き出すがごとくに嘔吐《えず》いた。

森のなかにぽっかりと穴のあいたようなこの湧水地の、湧き水が苔生《む》す巌を伝って流れ落ちる先――光りを弾いて満満とする木桶の水に、祥太郎は近づいて、それへ渡してある柄杓で光りごと水をすくい、口をすすいだ。寝小便はいつか治る、そう思い做《な》してたっぷり水を飲んだ。

葩

ひとりで深山《みやま》に分け入り、思わぬ素敵な光景に出会った。新芽を展《ひら》きはじめた広葉樹林の斜面に山芍薬《やましゃくやく》が群落をなしている。

山芍薬は、木漏れ陽を浴びようと緑葉をいっぱいに広げた茎の先に、それぞれひとつずつ白い花をぽっと咲かせている。花は、先の尖って浅緑色をした太い雌しべの周りを黄色な雄しべが囲み、それらを守るようにして浄《きよ》らな白色の花弁を付けている。その花の咲きようの、なんとやわらかいことか。底光りするような妖しい花色は、えもいわずたおやかで、厳しい山の自然のなかにあって、それは一種の奇跡とさえ思える。このような儚《はかな》く虚無《むな》しい美を映しだす花が、山の斜面を数知れず点描しているのを目の当たりにすること自体、信じられない。花の群落の水際立った清白《せいはく》な美しさに、じぶんは思わず息を呑んだ。

どれくらいそうしていたろう。

じぶんは白色の花の群落の前で、長い時間立ち尽くしていた。そうして、気づいたときには動けなくなっていた。いや、動けないわけではない。立ち去ろうと思えば、すぐにでも歩みだすことはできた。だが、少しでもじぶんが動けば、それが契機《きっかけ》となって四辺《あたり》の空気を震わせ、たちどころに花が散ってしまうのではないかという懼《おそ》れがじぶんを縛りつけた。それで、一歩たりとも動くことができなくなった。

　次第に暗くなってきた。

　陽が頂きの向こうに隠れると、わずかな残光ばかりが頼りとなった。弱い光りは林下に届くべくもなく、むろん木漏れ陽も颸《そよ》いではいない。今宵は新月だ。このままとっぷりと暮れてしまえば、真黒な闇がじぶんを覆うだろう。そう考えた途端、山の寒気がじわじわと身にしみてくるような気がした。じぶんは焦った。どうでもここを立ち去らねばならないと考えた。だが、そうしたところで体は動かない。いくら頭で考えてみても、自由がきかない。まさか花に殺されようとは思いもしなかった。花の美がこれほどまでに恐ろしいものとは、ついぞ知り得なかった。浅量《あさはか》であった。じぶんは観念した。

　ついに夜となった。

　じぶんは寒さに凍えながら花を見ていた。

　闇の中で、林はいたって静もり深く、白い花だけが、不思議とうっすら光っている。

　そのあまりの美しさがため、じぶんの目には自然と泪《なみだ》が溢《あふ》れてきた。そうして、溢れた泪がゆっくりと頬を伝い、泪の粒が足元へと落ちたその刹那、目の前の夥しい葩《はなびら》が、いっせいにはらりと散った。

　じぶんはすんでのところで命を救われた。

視線

あさつゆに重く湿っている森に曙色の強い陽がさすと、森の搏《う》つ動悸がにわかに早まって、山の胸奥《きょうおう》深くでは、いっせいに露の滴る音が響きだす。

男は、その森の中にあって、木漏れ陽を背に受けながら、ひとり黙然《もくねん》と煙草をふかしている。そうして、煙草の味の不味《まず》いのに嫌気がさして抛《ほう》りなげると、黒い革製の手提げかばんからロープを引っぱりだし、手頃な木へとぶら下げにかかった。結び目をしっかりと縛って輪っかを作る。その輪の中に顔を入れてみるが、身長に比べて高さがじゅうぶんでないので、男は木からロープを外して高さを調整しようとしている。枝にまわしたほうの結び目が固くてなかなかほどけない。その作業に思いのほか手間取っていた男が、背後にふとなにやら気配を感じて振り返ると、十メートルほど向こうの森の斜面にカモシカが立っていた。大きさからすると、まだ子どもらしい。短い角《つの》を頭からちょこんと出し、灰と白のふさふさした獣毛の中に光る真黒な眸《ひとみ》で、カモシカの子は、剥製のように固まったなり、じっと男を視《み》ている。男は、野生のカモシカをはじめて目の当たりにして驚きはしたものの、さして怯えはしなかった。不思議そうに男を見るカモシカの子の、無垢であまりにひたむきなその視線に、男はむしろ人心地《ひとごこち》がつく思いだった。

男はカモシカの子に向かって、あっちへ行くんだ、とやさしく手振りした。だが、カモシカの

子はまったく立ち去る様子を見せない。追い払おうと、なんども試みたものの、さっぱり効果がなかった。なるべくなら荒っぽい真似はしたくない。男は、あきらめてふたたびロープの高さの調整にとりかかった。

ようやくのことで準備が調《ととの》うと、男は垂れ下がるロープの輪に跳びついて、顔を入れようとした。太い枝が揺すれて、あさつゆが男に降りそそぐ。幾度となく挑んでみるが、叶わなかった。ロープにぶら下がりながら輪を開いて顔を入れるには、かなりの力が必要であったので、挑むたび、男は消耗した。肩で息をしながら頭の上のロープを睨んでいた男は、ぐっしょり濡れた体でその場にへたり込むと、ちょうどよい高さの踏み台になる倒木がないか、痴《し》れた目で周囲を探した。だが、あいにくそのようなものは見当たらなかった。カモシカの子は、いまだ同じ場所に立ったまま、相変《あい》わらず男を凝視《みつめ》ている。

温《ぬく》とい朝の木漏れ陽にかがやく森の中で、男がカモシカの子に向かってつぶやいた。

「そんな目で見るなよ」

「……」

「分かったよ」

「……」

「たしかに莫迦《ばか》げてるよな」

大紫

動くに動けないでもう永い間こうしている。

庭に置いてある椅子に腰を掛けて莨《たばこ》を吹かしていた。そろそろ畑仕事にもどるとするかと立ち上がりかけたところへ、どこからか木の葉がひらひらと舞うかのように大きな蝶が降りてきた。足元へ来て留まるや、立てていたその翅《はね》をゆっくりと広げにかかった。大紫《オオムラサキ》だ。

大ぶりな翅の特徴的な青紫色には、なんともいえない光沢がある。もう大紫がやってくる頃合いになったのだなあと、蝶を眺めながら、いかにもありふれた感慨にゆったりと耽《ふけ》ろうと思ったが、蝶が逃げてしまっては叶わない。なので、まずは逃げぬようにと体を硬くした。

この美麗な蝶がいかにして国蝶に定められたかは詳しく知らないが、それにふさわしい蝶であることはたしかだろう。この国の美しい蝶のなかにあって、大紫の保《も》つ青味がかった深い紫色には、就中《なかんずく》、日本人として神秘なる気品さえかんずる。あの「枕草子」の冒頭にもこの色はある。

――春は曙。やうやう白くなりゆく山際、すこしあかりて、紫だちたる雲の細くたなびきたる。

この「紫だちたる雲」が、早朝、ほのかに明るんできた山の端に細く揺曳《たなび》いているようすは、日本人の精神性をも織り込んだ、いわば国の象徴としてのひとつの光景であるといえよう。慶弔事に熨斗袋《のしぶくろ》を包むあの袱紗《ふくさ》の紫を目にしても、なんだか心の落ち着くような気がするのは、これもまた日本人であるが故だ。この美しい紫色をした蝶が、国蝶であることは、もってしかるべきところ……とまあ、そんな理屈くさいことをつらつら考えながら、足元の蝶に見入っていた。そうして、見入っていたにはちがいないが、とうから蝶に魅入られてもいた。いってみれば、魅入られたがゆえに、こうなってしまったのだ。

そろそろ飛び立ってもよさそうなものなのに、蝶のほうではいまだ動く気配がない。翅を広げたなり、じっとしている。なので、こちらも動けない。ともあれ、動いたところで蝶を驚かすばかりのことなのだから、なんら差し支えないのだが、こっちとしてもここまで動かずにいたのだから、いまさら負けて動くわけにもいかない。こうなれば、どちらが先に動くか根競べだ。

そうして、時が経った。

どのくらいの間こうしているか、もはや分からない。分からなくなるくらい歳月《とき》が経過したものとみえる。

気がつくと蝶は死んでいた。

けれども、こっちはまだ生きている。だから、蝶と同じく閑《しず》かに死んでゆくに如《し》くはないと考えて、今もなおこうして動かずにいる。いや、動けずにいる。

淵

觀音の瀧の上《かみ》のはうには、小川が注ぎ込んで出來た古池とも沼ともつかぬ淀みがある。其の淵のそばの伐株に腰をかけて莨《たばこ》を喫《の》んでゐると、俄《にわ》かに水面へさざなみが立ち、青い顔をしたなにやら小さきものが這ひ上がつてきた。爬蟲類にしては聊《いささ》か大きすぎ、立ち上がつたところを見れば、所謂獸でもないらしい。頭の上が其処だけ白く禿げてをる。むかうもこちらに氣づくと、濡れた儘でしげしげと余を眺めやつてから、

「汝、人間《じんかん》あるや？」

と問うてきた。

妙な云ひまはしをする奴だと思うたが、問はれれば答へぬわけにもいかぬ。

「さうだ。余は如何にもにんげんだ。ところで、貴君は河童か？」

こちらの問ひに、むかうは「然《しか》り」とわづか首を縦に振つた。で、其れきり何も云はない。こちらも別に其れ以上問ふこともない。御互ひ暫く默つた儘でゐると、きゆん、と河童が急にへんな嚔《くさめ》をした。河童も嚔をするのだと知つて、余はなんだか無性に可笑しくなつた。さうしたところ、「人間河童を嗤《わら》う。我も亦《また》嗤わんと欲す」と、むかうはどうやら氣分を害したらしい。「人間愚を好むこと河童徳を好むが如きなり。是ある哉」などとまくし立ててきた。余は、少なからず

不快に成りて、

「河童がどれほどのものか知らぬが」と胸を張つて聲を大にした。「にんげんにだつて徳はある」

すると、豈に圖《はか》らんや、「徳を求め以て生を害するは如何なる道理に中《あた》るや。人間即ち狂者なり。況《いは》んや生を亡ぼすに狂者疑を得る所なし。已《や》んぬる哉」と、こんどはむかうが嗤つたやうであつた。淀むところなく話し終へた河童の顏には、鼻で嗤う素振りがたしかに見てとれた。かうまで云はれては默つて居れない。

「其いつはにんげんをあんまり見縊《みくび》りすぎると云ふものではあるまいか」と余が抗議した。「貴君に云はれるまでもなく、にんげんが愚かであるのは知つてをる。だが然し、其の愚かなにんげんの世界のはうが、河童の世界よりも榮えてをると云ふのはいつたいどう云ふわけだ」

余の主張を聞いてゐた河童は、青い顏をますます青くすると、

「我告げん！」と突如して、決然たる調子で云い放つた。「自然を亡ぼすに最たる愚は無し。即ち汝生を全うする能わず」

さうして、甲高い聲で叫び終へるやいなや、河童は、淵へと飛び込んだ。

淵が割れてぽちやんと鳴った。

と同時に、余の指先の莨の火がじゆつと音を立てて消えた。

水の淺い筈だのに、河童は其れきり上がつては來なかつた。

こころ

ここはいいとこだよ。小鳥の囀る森がある。そばには海があって、海からの風は森に吸い込まれるから空気が爽やかだ。久しぶりに海を見た気がするよ。なつかしいね。そうなんだ。ここはおれの故郷だったあの町に似ているんだ。

この仕事はからだにこたえるね。夜中に交代してからずっと立ちっぱなしだよ。今なんでも好きなことをしていいといわれたら、ともかく思いっきり背伸びをしたい。動かないでただ立っているのは、ほんとうにくたびれるよ。それに、おれたちは常に無表情でいなくちゃならない。これもつらいことなんだ。けど、幸いに連中はおれたちをむやみに罵倒したりはしないから、それだけでもずいぶん助かってる。こんなことは、これまでにはなかったことだよ。こうして動員され、壁をつくっていると、かならず罵倒されるものなんだ。だけど、連中はちがう。連中はドラムを叩いて、踊りながら訴える。安易におれたちのことを罵《ののし》ったりはしない。連中はおれとは考えも育ちもちがうだろうから、おれにしたって敵対心を持ちそうなものだけど、なんだか今日はそんな気になれないね。

雨が降りだした。さすがに眠くなってきたよ。連中も昨日からずっと寝ていない。ほんとうは、連中だってうんと疲れているにちがいないだろうけれど、びしょ濡れになりながら、みんなまだ元気に反対を訴えているよ。連中は自由に動けるから羨ましいね。自由ってのはいいもんだって、心底そう思う。おれだって、できることならあちらがわに廻りたい気持ちさ。

こんな仕事をしていていうのもへんだけど、連中の訴えていることはおれにも理解できる。たしかにこの国はおかしいよ。人の命よりも金を優先している。頭が良いはずの偉い人達がどうしてこんな馬鹿げたことをするのか、これまでも不思議には思っていたけれど、今日一日ここにずっと立っていて、なんとなくそれが分かったような気がするよ。つまりはこころの問題なんだ。どれだけ頭が良くっても、いくら高い地位に就《つ》いていても、こころが貧しけりゃ意味がないんだ。訴えながら踊り、ときには笑顔も見せるあの連中を眺めていて気づいたんだ。偉い人達は、あんなふうに笑わないからね。

ここには母親に連れられた子供達もいる。あの子達を危険な目に合わせることは、おれには出来ない。けれど、いったん強制排除の命《めい》が下れば、おれはそいつに従って動かざるをえない。それがおれの仕事なんだ。仕方がない。連中には最後通告が出されたみたいだけれど、あとはこのまま命令が下されないのを祈るばかりだよ。おれは無表情な機動隊員に過ぎないけれど、おれにもこころはあるし、それを貧しいものにはしたくないからね。

ここはいいとこだよ。おれの故郷に似ている。

おれの故郷だったフクシマのあの町にそっくりだよ。

紫陽花

雨が上がった。そろそろ陽が出ようとしている。

山山はまだ暗く、翳《かげ》に塗り込められているが、嶺の向こうから湧き出《いで》る雲は、早早に陽を受け、其処だけまっさきに白く耀いている。その雲が頂きを切り取って流れ、ふたたび山の向こうへと隠れはじめる頃、光りの緞帳《どんちょう》がするすると下りでもするかのように、嶺の高いところから順に陽が当たりだした。

こなれていない朝の光りの固まりが、広葉樹の深緑に射すと、山肌がもこもこと膨らみながら光線色に黄味がかって発光する。峰と峰のかさなりを這うようにして揺曳《たなび》いていた霧が、その光りに溶けて境をわきまえずに広がり、見る間に山懐《やまふところ》へとなだれかかる。陽が山の端からすっかり出ると、山里の全体は光りの靄《もや》に包まれたままあいまいに浮かび上がり、水を張った田は、鏡のように煌《きらめ》いた。今日にしたところで、やはり夜が明け、朝が来る。

「いいや、荷物になるから」

「そういわんで持ってお帰り。綺麗な花がきっと咲くから」

母がせっかく丹精を込めたものだからと従った。

挿し木をして育てたものを素焼きの鉢に移してある。それを車に載せて持ち帰り、庭の隅に下ろしたのが五年前。そうして昨年ようやく花を咲かせ、今年は株も育ってたくさんの花をつけている。

「不思議なんだよ。七色に咲くんだよ」

鉢をくれるとき、母がいった。この花は咲きはじめてから終わるまでに、花の色を七色に咲き分けるらしい。だが、今年はまだその様子は見られない。これから七色の彩を見せてくれるのか、それとも土が合わずに、色を変えてしまったのか……。

妻が朝食の支度ができたと知らせにきた。テーブルにつくと、朝の遅い息子が今日はもう起きていて、隣りの部屋であれこれと準備をしている。久しぶりに新幹線に乗れることがよっぽど嬉しいらしい。幼い息子は、祖母の亡くなったことをまだよく理解できはしないとは思うが、おとなしくしているところを見ると、それなりに分かっているのかもしれない。

朝の光りが食卓の椅子の背を照らして、格子模様の翳が床に落ちている。その翳を踏んで、息子が食卓へと近づく。妻の運んでくる汁椀からは湯気が立っている。その湯気が光りを吸って匂やかに膨れ上がる。いつもの朝だ。今日にしたところで、やはり夜が明け、朝が来る。

食卓からは、母のくれた紫陽花《あじさい》が昨晩の雨に濡れているのが見える。水気をいっぱいに含んで大きな花を咲かせている。

今年こそ七色に咲き分けるかもしれない。

微睡み

どことも知れぬこんな山奥にまで来てしまった。そう思うにつけ、背にしたものの重みは、弥《いや》が上にも増してくる。

稜線へと傾いた陽が、悴《やつ》れた光りを男の上に擲《な》げかけ、力のない影が、男の足元を頼りなく這っている。ときおり吹く風が、熱《ほて》った男の頬を冷んやりと撫ぜる。急がねば暮れてしまう。弱った足に無理を強いて、男は、朽ちた樹木が倒れ掛かったままの荒れた山道をすすんだ。

背中のものはいよいよ重たい。いっそのこと、この場に打ち棄てることができればどれくらい楽であろうと考えぬでもないが、足はまだ動く。どうでも足が動かなくなってから、そのことはよく考えてみよう。男は、そう思ってじぶんを励ました。

里でうるさいほど鳴いていた蜩《ひぐらし》の声も今は遠い。ずいぶん登ってきた。登ってきたはいいが、早く背中のものを始末せねば、あとが困《よわ》る。今日の月は頼みにならない。峰の向こうで明るんではいるが、あのようにやせ細った月では、鬱蒼と茂る山道を照らすことはかなわない。まさか闇のなかを手探りですすむわけにもいかない。男は、肩に喰い込む背中の重みに耐えかね、時おり立ち止まりもしたが、そのたび力を振るい起こしては、前へと歩きだした。

道と藪との区別もつかぬくらいに先が暗くなってきた。それでも、顎から汗を滴らせながら、男は、前のめりになって懸命に歩いていた。だが、気が逸《はや》るばかりで、行けども行けども、暗い山のなかにあって、ひとつところを幾度も踏んでいるようでもどかしく、そのうち、男の足はとうとういうことをきかなくなった。

「もう無理だ……」

肩で息をしながら男がひとりごちた。

そして、背中のものをついに下ろしにかかったとき、道の奥からなにやら近づくものがあった。男ははっとして顔を上げた。暗くてよくは見えないが、気配だけは強く感じる。男は、下ろしにかかったものを急いで背負《しょ》いなおし、後退《あとじさ》りした。眼前には、霧のようなガスが黄金色《こがねいろ》に光りながら男に迫りつつある。それはきらきらと耀き、拡がって、瞬く間に男を包み込んだ。得体の知れない光りのガスにとり巻かれ、思わずその場へと蹲《うずくま》った男は、次第に意識が遠のいて、我知らず微睡《まどろ》んだ。

朝、男が目を覚ました時、光りはすっかり失《う》せていた。

じゅうぶんに眠って英気を養った男は、立ち上がると、ふたたび歩きだした。背中のものは、昨日とうってかわってずいぶん軽く感ぜられた。男は、昨日のあの光りは子守唄であったのだと決めつけた。なぜといって、それは男にも分からない。ただ、そう考えれば、背負《しょ》いつづけねばならないこの重みの理不尽にさえ、なぜだか得心がゆく気がした。男は先を急いだ。

秋

まほろば夢譚

栗鼠

山道を歩いていると、栗鼠《りす》がでた。

大きな尻尾を膨らませ、道の真中《まんなか》に座っている。じぶんは、驚かせてはいけないと歩みするのをやめた。栗鼠はまだこちらに気づいてはいないようだ。木の実でも探しているものか、頭を左右に振っている。そうして、走ったかと思うとすぐに立ち止まる。道を這うようにさっと動いてはその場に固まり、それを繰り返している。そうした栗鼠の忙《せわ》しい仕草が、安全に生活の糧を得るためとはいえ、いかにも殊勝らしく、好ましいものに映った。ゆくりなくも栗鼠に好意を寄せることとなったじぶんは、驚かせぬよう小声で、そっと話しかけてみた。

「まあそう心配しなさんな」

栗鼠はこちらに気づいてひょいと顔を向けた。茶色い毛のなかで、円《つぶ》らな黒い眸《ひとみ》だけが濡れて光っている。

「ほら、ここはご覧のとおり」とじぶんがつづけた。「あまりひとの通らない山奥の道だもの。そう警戒しなくってもよさそうなものだがね」

するとお気遣いは有り難いのですがと断ってから、栗鼠がなにやら不服そうな顔をして返事をした。

「これはわたくしの性分《しょうぶん》なのです。それに、わたくしはひとなど恐れてはおりません」その甲高《かんだか》い声は、案に相違して、栗鼠の強情な気性を示しているように思われた。

「そうかい。それはわるかったね」

じぶんは失礼を詫びた。

「いいえ、謝っていただくほどのことではありません」栗鼠が機嫌をなおして微笑んだ。「だいたい、ひとなどちっとも怖がるほどの相手ではありません。ご覧なさい。結局、ひとは自然と調和しようとせず、己《おの》れを滅ぼしにかかっているではありませんか」

栗鼠はそういうと、ひとがいかに愚かな生きものであるかを、辛辣な批評をまじえながら、滔《とう》滔《とう》とまくし立てた。もとより、じぶんは栗鼠と論議するつもりなど毛頭ない。なので、このままでは面倒なことになりそうだと思い、早早に立ち去ることにした。

「では、ごきげんよう」

じぶんが挨拶すると、弁を振るっていた栗鼠は、興奮気味に尾を膨らませ、引きとめにかかったが、じぶんはそれを振り切り、尻尾を巻いて退散した。

栗鼠の毒気に当てられたものか、じぶんの尻尾は栗鼠のそれとちがって、すっかり萎《な》えてしまっていた。じぶんはそのことを少少淋しくかんじながら、ねぐらへ帰るべく、山道をとぼとぼと歩いていった。

月の夜

月の光りが川のおもてに青く映じている。欄干からのりだすようにして見下ろせば、月の夜《よ》の川がいかに明るく光っているかが知れる。わたしは、青く照って流れるその夜の川を橋の上から眺めていた。

「それで、どうしたの？」

「今日はここまで。つづきは明日」

「もっと聞かせて」

「早《はよ》う寝な。おやすみ」

子どもの頃、夜寝る前に母が聞かせてくれる話が大好きだった。

絵本などなかったから、あれらの物語は母の創作だったのだろう。ところどころつじつまの合わないこともあったが、つづきが聞きたくてしつこく母にせがんだものだ。

一人娘でお婿さんをもらったわたしに、母はときに厳しかった。夫の手前、娘を甘やかすのをよしとしなかったのだろう。ときにはぶつかりもしたが、困っていれば、やさしく手をさしのべてくれた。孫ができてからは、母は「お婆ちゃん」となったが、わたしにとっては、いつまでも「お母《かあ》ちゃん」のままだった。

「こんなとこでなにしてんだよ」

背後で息子がいった。わたしを探してくれていたらしい。

「川を見てるのよ」

「なにかいるの？」

「なにもいやしないわ」

「きれいだな」ふだんに似合わず息子がいった。「こうして見ると――」

「そうよ。お月様が映《は》えるときれいなのよ」

「今まで気づかなかったよ」

「わたしも……」

「ねえ」息子がいった。「そろそろお通夜はじまるってさ」

「そう」

「先に行ってるよ」

「うん」

息子もいつの間にやら大きくなった。眠るとき、もうわたしに物語をせがまない。

月の光りが川のおもてに青く映じている。月の光りは母そのものだ。けっして流されることなく、いつだってそこに光っている。

隠れる

風に稲穂がさやいでいる。山里を囲むように峰を連ねる山山は、高いところから順に色づいている。赤いのもあれば、黄色いのもある。なかには金色に光ってるのもある。そうしたとりどりの色が、密に雑《ま》じりあって山の景を成している。

陽は西へとずいぶん傾いた。山ぎわにかかると空も朱く焼けてくる。そうなれば、山里の日が暮れる。

聚落《しゅうらく》を見下ろすような山の麓に墓が見える。墓石だか石ころだか分からないような古いのがたくさん立ち並んでいる。永年の風雪に鱗苔《こけ》生《む》し、角が削れてなんとなく丸みを帯びている。なかには水子地蔵のようなのもあるが、どうにも目鼻がはっきりしない。頭のとれてしまってるのだってある。祥太郎が、それらのなかのひときわ大きい墓石の裏側で、体を畳むようにして膝を抱えている。

祥太郎はかくれんぼが上手だ。どうしたって見つからないので、鬼が降参することもしばしばだ。隠れているとき、祥太郎は文字通り、息を殺す。あまりに息を殺《と》めるので、ときには気が遠くなることもある。どうにも我慢がならなくなると、ぷはあーと大きくひとつ深呼吸しておいて、そうしてまた呼吸《いき》するのを我慢する。

去年、祖父が亡くなった際、祖父は家の居間に布団を敷いて寝かされた。祖父は、人形みたいなやけにつるんとした顔をして目を瞑《つむ》り、ぜんぜん息をしていなかった。祥太郎にかくれんぼを教えてくれたのは祖父だった。祖父もかくれんぼが上手だった。

山の端にかかった陽が、残余の光りを山里にそそいでいる。

赤絵具を吸った綿が千切れのびたような雲が、空のここかしこに浮かんでいる。

墓のそばに立つ大きな山桙《やまもみじ》が、赤や黄に染め上げた葉を数多《あまた》まとうその枝を、祥太郎の頭の上へかぶせておいて、それきり知らんぷりをしている。祥太郎は、墓石の陰からちょっとだけ顔を出し、重なる葉の隙間に鬼のようすを眺めている。もう三人見つかったらしい。残りは祥太郎ただひとりだ。

このまま見つからなければ鬼は降参するだろう。祥太郎はそれを想うと胸の中《うち》がわくわくした。けれど、あんまりわくわくするので、その動悸が伝わって鬼に勘付かれてはいけないと、またしても息を殺し、体を硬くした。そうして、あのときのじいちゃんのように目を瞑ってみた。すると、なんだかじぶんもじいちゃんみたく死んだように思われた。

——これなら大丈夫だ。

祥太郎は気を強くした。

——だって、じいちゃんは今もかくれたままなんだから……。

華

鬱林に華が咲いている。華の名は知らない。とりどりの艶《あで》やかな色を混ぜてつくったような、なんともいわれない美しい色をしている。そのあまりの美しさから装いに多少高慢なるものを感じないでもないが、それでいてどこか可憐な印象を抱かせるようなところもあり、大いに惹きつけられた。どうしても欲しくなったので掘りとることにした。

だが、掘りとろうにもさまざまな木の根が搦《から》んで掘るに容易でない。容易でないからますます欲しくなる。無理をすると華を傷めてしまう懼《おそ》れがあるので、まずはつぶさに観察し、地表面にびっしりと毛のように搦まった細い根の、その接して交わるところを、丹念に愛情を込めてひとつひとつほぐしていった。

時間をかけてゆっくりと掘りすすむ。深いところを探るうち、次第に土が湿りだした。汚れた掌《て》のひらを嗅いでみると、指の股《また》から華の甘ったるい香が匂った。掘りすすむ手にいっそう力が入る。もう少しでうまくいきそうだというところで太い根に当たった。林の奥に生える栗の木が、その根っこを華のすぐ下まで伸ばしているらしい。こいつを上手に扱わねば、華を無事に掘りとることはできない。まずは太いその根の周囲から、指で弄《まさぐ》るようにして掘りはじめた。

無心になって掘っていたそのとき、すぐそばでなにやら気配を感じた。顔を上げると、実を成らした栗の木の枝に、栗鼠《リス》が一匹ちょこんと座っているのが見えた。尾を膨らませたなり、こちらを見やってじっと動かない。鬱林にあっても、つぶらなその黒い眸《ひとみ》は、わずかばかりの木漏れ陽を映し込んで光っている。じぶんと栗鼠は、しばらくの間、互いを見つめ合っていた。だが、栗鼠のほうが先に目を逸《そ》らすと、枝の上を一散に奔《か》け、どこかへ消えてしまった。じぶんは、気を取り直し、穴に顔を落として、ふたたびせっせと掘りはじめた。

ほどなく土中から水が浸みだし、穴の中がびしゃびしゃに濡れだした。指尖《ゆびさき》がひりひり痛む。額からは汗が滴った。疲労にあえぎながら、それでも夢中で掘りすすんだ。けれど、どうしたってうまくいかない。栗の根は思いのほか渋太《しぶと》く、指で弄るだけでは歯が立たない。そこで、林床に落ちている枝っぱしの、硬くて太いのを一本拾ってきた。そして、その棒のごとき枝を土中へと勢いよく突き挿し、腰に力を込めた。突いては掻き回し、突いては掻き回しするうち、栗の根は徐徐に動きだした。これでなんとかいけそうだと思ったじぶんは、腰を踞《かが》めるや、穴に顔を埋め、その太い根を両手で抱きしめるようにし、あらん限りの力で引き寄せた。そうして、力の果てると同時に、ついに根がとれた。うまくいった。

じぶんは、ようやく華を我がものにすることができた。だが、いざ掘りとってみれば、掘る際の昂奮はどこへやら、なんだか急につまらなく思えた。じぶんは、憑きものが落ちたような心持で華を見下ろすと、その媚態《びたい》をしげしげと眺め、溜息をついた。

またぞろ

清《すが》しい風が吹いた。

初秋の紅葉しだしたばかりの色葉が颱《そよ》いで、木漏れ陽が揺らめく。

白黒まだらの仔猫が、そのちらちらと揺《うご》く木漏れ陽を、地べたに尻をつけたまま懸命に目で追うている。そうして我慢がきかなくなったものか、ついには跳びかかった。むろん、木漏れ陽はするりと仔猫の攻撃をかわしてしまう。すると、仔猫はますます昂ぶって木漏れ陽に跳びつく。けれども木漏れ陽は、仔猫に捕らえられることなく地べたを這う。仔猫は、憎らしげにその木漏れ陽を睨みつけ、睨みながら、またぞろ跳びかかる。

風がやむまで仔猫は木漏れ陽を狩りつづけた。

「どうしたもんかいな」

源爺が鍬《くわ》を手にやってきて、声をしぼりだすようにしてぼやいた。

「なんのことだい？」

じぶんが訊いた。

「いもだわ」源爺がいつものごとくに愚痴りはじめる。「植えたばかりの種いもを、猪が食っちまうだ」

「それは困ったねえ」

「柵を張ってはみたが、役に立たねえ」

「そうかい」

「いい芋はみんな猪が掘りやがる」

「掘るかい」

「野郎、へえ、上手に鼻で掘るだわい」

「鼻でねえ」

「にんげんさまは、残った芋で生かしてもろうとる」

「ははは」

「どうしたもんかいな」

源爺は、この時期になると、きまってぼやく。それでいて、さして困った様子も見られない。それはそれで、まあなんとかやっている。嘆きはするものの、どこかであきらめている。あきらめるのもひとつの智慧《ちえ》だ。

源爺はあきらめるのが上手だ。

得ようとしてはたらくが、得るところなくとも泰然と構えて、またぞろはたらく。

源爺もまた、木漏れ陽を狩っているにちがいない。

何処へ

紅の葉の散り敷かれた玄関までの長いアプローチで、あんたはひとり竹箒を動かしている。庭の掃除などついぞしたことのないあんたは、集めた落ち葉を何処へ片付けてよいかも分からない。あさつゆに濡れた大理石の敷石に、あんたはときおり、足をとられそうになる。そんなおぼつかない足どりで、あんたはこの先何処へ行こうというのか。

あんたは世間の非難を躱《かわ》すべく一線を退き、こっそりと天下《あまくだ》って、今は時間にも余裕が持てる。それで、あんたは竹箒なんぞを握っている。

もちろんあんたはあきらめてはいない。かつて苦労の末ようやく手に入れた金権だ。そいつを手放す気など、あんたには毛頭ない。たしかに、あんたにはあんたなりの苦労もあったであろう。いや、あんたの苦労は並大抵ではなかったにちがいない。しかし、そうまでして手に入れた権力と金は、あんたに何をもたらしたというのか。

なるほどあんたの子どもたちは、あんたのお陰で金に不自由はしない。なのに、あんたを尊敬していないというのはどういうわけか。あんたに敬意を示す者は数多《あまた》いるが、それは皆うわべだけのものだ。あんたに心からの敬意を払う者はいない。そんなことはあんたも知っている。それでもあんたはあきらめない。悪い血だ。

あんたは悪い血にそそのかされるようにして、なおも求める。あんたがそうまでして求めつづけるのはなぜか、それはあんたじしんにも分からない。

庭先では、葉を落としはじめた枝垂《しだ》れモミジが、その高級な枝ぶりを誇示するがごとく、まぶしい西陽に照らしだされている。その黄昏の光りのなかに、竹箒を手にしたあんたの黒い影が浮かんでいる。だが、その背には、人心地《ひとごこち》した表情がない。硬くて、冷たい、どこまでも無機的な印象だ。

じぶんの背中を眺めることができないように、あんたは生涯、じぶんを外から眺めることはないであろう。そもそもあんたは、けっしてそれを見ようとはしない。見れば最期、あんたはあんたでなくなるのだから致し方ないにせよ、それではあんまり貧しいではないか。

あんたの豊かさは貧しすぎる。

あんたは手離さない。手に入れようとするばかりだ。あんたは少ないほど豊かであるのを知らない。あんたには、空《むな》しくなればこそ、充実するのが分からない。

竹箒を持ったあんたは、濡れた敷石に滑ってまたこけそうになった。

そんな危なっかしい歩みで、あんたはこの先何処へ向かおうというのか。有り余った金を、袖の下として使えるのも此の世なればこそだ。

あんたはこの先、それを持って何処へ逝こうとしているのか……。

夜明け

先へ行くにつれ、道はいよいよ暗くなる。申しわけていどに路面を照らしていた疎《まば》らな外灯も、もはや見なくなった。舗装もついに断《き》れて、ここから先は砂利道がつづく。男は昔、このあたりの山を若い時分に登山した記憶から、いくらか土地鑑のあるつもりであったが、こう真暗闇では仕方がない。手の届きそうなところに無数の星が瞬いてはいるが、月のない夜がこれほどまでに暗いものであるとは、都会育ちの男には知れないところであった。

つづら折りの林道を上りきる手前に細い脇道を見つけた男は、それへ入った。エンジンをかけたまま車を停めると、煙草に火をつけた。灰皿を探すが、レンタカーだから勝手《かって》が分からない。この車にはそもそも灰皿は付いていないのだと知ると、男は飲料水の空き缶に灰を叩いた。闇の中でアイドリング音だけが響いている。

時間が過ぎる。煙草が尽きようとしている。男はじっとしている。

フロントガラスの向こうの闇がうっすら溶けだすと、次第次第、漆黒の中に山が浮かびはじめた。真暗だった道の先が、心做《こころな》しか茫《ぼう》と明るんでくるような気配が起こる。そうした変化を目にし、男は幾何《いくばく》かの時間が過ぎたのにようやく気づいた。そして、朝になってしまう前にと、心急《こころせ》いた。だが、焦る男をよそに、暁の光りは、刻一刻とその明るさにはっきりとした輪郭を与えようとしていた。

　黒い山の稜線がのびやかな曲線を示しだした。山の上の空が、全体に青味わたってくると、四辺《あたり》の空気が徐徐にあらたまって、林や森に巣食っていた物憂い翳《かげ》が、その密度を失って消え入ろうとしはじめる。その青になりかかった空の色が変じてうっすら白《しら》んできたのは、連山の向こうでそろそろ陽が出ようとする兆しにほかならない。男は死にきれないじぶんに苛立ちながら、最後の煙草を喫《す》いはじめた。そうして、喫い終える頃には、奥山にもついに朝が来た。

　山の端《は》と空との境目《さかいめ》に逆光がさし、稜線上の木木が影絵《シルエット》を映しだした。だが、すぐに光りは猛って、尾根は光線の中へと没し、山陵を強い光りで呑み込みながら、陽が顔を出した。すると、あれほど暗かった山山がいっせいに色を帯びた。甚《はなは》だしく赤いところへ、黄色いのや、ときには緑なのも混じって、山肌がもこもこと湧き立った。空の深い青に、白雲が光りを吸ってまぶしく浮かぶさまも、山山の紅葉の鮮烈を魅きたてた。男は思わず息を呑んだ。そうして、眼前の光景に圧倒され、またしても時を忘れた。

　いつしか、男の目からは泪《なみだ》がこぼれはじめた。枯れるまで泪を流しつづけた男は、憑物《つきもの》が落ちたような、穏やかな顔にもどっていた。後部座席の足元には、用を成し得なかった練炭コンロが転がっている。男は、しばらくそれを眺めていたが、半身をもどして前に向き直ると、ハンドルを握り、アクセルをゆるやかに踏み込んで、来た道を静かに下っていった。

御神木

三千世界に不思議のあるを異は唱えん。それにしても……と、聚落《しゅうらく》の長老が首を傾げた。それもそのはず、じぶんもこの目でたしかに見た。地に立ち、葉を繁らせた生ける木から、凄まじい火花が飛んだのだ。

道路拡張のため、神社の前にある欅《けやき》の大木を伐ることとなった。当初、聚落の住人は伐ることに反対した。祭りの日には皆で幹に毎年新たな注連縄《しめなわ》を巻いた、いわば、その木は神社の御神木であった。どういう来歴《いわれ》でそうなったかは定かでない。なんでも注連縄を巻きだしたのは戦後のことであるらしい。けれども、時代の流れには勝てず、木はとうとう伐られることに決まった。

夏のある日、近所の衆《しょ》が見守るなか、作業員がチェーンソーの刃を太い幹に入れた。そうして少し伐りすすんだ時、きゅんと金属音がして伐口から大きな火花が散ったのだ。驚いた作業員が慌ててチェーンソーを引き抜くと、刃はすっかり鈍《なま》って使い物にならなくなっていた。

——祟りにちがいない。

まことしやかにそのような噂が流れ、当分の間、工事は見合わせとなった。

そのあと開かれた聚落の話し合いの席で、長老が首を傾げるなか、刃が途中まで入っているのだから、このままにもしておけないとの大方の意見がまとまった。だが、そうはいっても伐る者が無かった。神仏の祟りを畏《おそ》れて誰も伐りたがらない。そこで相談の末、隣りの聚落《しゅうらく》の金太に白羽の矢が立った。無鉄砲な金太なら引き受けるにちがいないとの目論見《もくろみ》であった。それが当たった。金太は礼金の高いのに気をよくしてあっさり引き受けた。

そうして、ふたたび御神木に刃を入れることとなった。

金太がチェーンソーの刃を伐口に添え、ゆっくり圧《お》し当ててゆくと、木はふたたび大きな唸りを上げて火花を散らしはじめた。それでも金太はひるまず、鈍った刃を取替えながら伐り進んで、ついに伐り倒してしまった。村の者たちが恐る恐る近づいて、伐ったばかりの新しいその木口《こぐち》を覗き込むと、赤茶けた金属らしきものがいくつも喰い込んでいた。錆びた銃弾であった。弾が撃ち込まれたのは、銃創の入り口《はいくち》の年輪からさかのぼって、戦中のことと判明した。

秋晩《おそ》くになってこの一件が地元の新聞に載ると、ひとりの老婦人が聚落を訪ねてきた。なんでも娘時分に、出征軍人の留守家庭の勤労奉仕にこの聚落を訪れた際、アメリカの戦闘機から機銃掃射されたことがあったのだという。その時、慌てて神社の前の大木に隠れて助かったのだそうだ。おそらくそうした逸話もあって、後年、御神木として祀《まつ》られるようになったのではないかと老婦人は語った。

「恩のある木なのです」

老婦人はそういって伐り株に手を当てると、目を閉じて動かなくなった。

怪鳥

いっぽんの木を見上ぐれば　幻視閃光　歴として立つ

あの日このお宮の杜《もり》のケヤキは　ひとりの少女の命を救ったのだ
大きな羽を伸《の》したその鳥は　蒼い空の底を低く飛んで
鈍色《にびいろ》の腹を閃《ひらめ》かせ
逃げる少女へと近づいた
　　dan - dan - dan - dan - dan - dan - dan
走るあとから　銃音《つつおと》が追いかけてくる
　dan - dan - dan - dan - dan - dan - dan
お宮の参道に穴を穿《うが》ち　怪鳥《けちょう》はなおも少女を追いかける
　dan - dan - dan - dan - dan - dan - dan
間一髪のところで　少女は杜のケヤキの翳《かげ》に逃げ込んだ
　dan - dan - dan - dan - dan - dan - dan
少女を狙った銃弾は　ケヤキの幹へと喰い込み

油くさい怪鳥は　轟音とともに少女の頭の上を飛び去った
兵隊さんが少女へと近づいて（お宮には馬と兵隊さんが隠れていた）
――お前が走るから撃たれたのだ　気をつけろ！
兵隊さんに怒鳴られた少女の　その肩が小さく顫《ふる》えている
怪鳥は米粒のようになって　蒼い空の涯へと辷《すべ》り落ちていった……
いっぽんの木を見上ぐれば　幻視閃光　歴として立つ
あの日このお宮の杜のケヤキは　ひとりの少女の命を救ったのだ
秋の微温《ぬる》い陽ざしをうけ　ケヤキは今日も立っている
紅い葉を陽に透かし
幹に銃弾《たま》を孕《はら》んだまま
懐《ゆか》しく今日も立っている

尻尾

我が家には水道が来ていない。山から水を引いて生活《くら》している。毎年、雪が積もると山の斜面を走っているその湧水パイプが断《た》たれてしまう。鹿が肢をひっかけて、パイプの接続部を引き千切るのだ。パイプが断たれたのにすぐ気がつけばよいが、たいていは夜中なので朝まで気づかない。外気はマイナス十度以下だ。断《き》れれば、パイプに残った水は凍ってしまう。いったん凍るとそれを融かして廻るのは並大抵でない。全長三百メートルはある。なので、結局、春の雪どけまで家には水が来ない。飲み水は湧き水をボトルに汲んできて賄《まかな》うとしても、水が来なければ便所も流せない。風呂にも入れない。それで、仕方がないから前の沢からポンプで汲み上げてタンクに水を溜める。沢の水は山の湧き水とちがって冷たいから凍るのも早い。そこで、凍った箇所を見つけては融かして廻る。この作業がまたつらい。早朝、起きぬけに凍結箇所を見つけ、湯で融かす。作業するうち、彼奴《きゃつ》めと鹿に恨みがつのってくる。だが、頭を鎮《しず》めて考えてみれば、鹿の棲むような山奥に、こちらがあとからやって来て住まわせてもらっているのだ。鹿のせいで不自由するからといって、鹿を恨むのは御門《おかど》違いだろう。そこで、このたびは、つまらぬ恨みをつのらせぬよう、冬に備えて鹿対策を講じることとした。

鹿対策といっても、もとより画期的な対策があるわけではない。鹿が肢をかけても断れないように、どうかしてパイプを守るくらいしか方法はない。パイプを地中に埋めてしまえばいいのだろうが、山には腐葉土の中を木の根がびっしりと張っているから、そうもいかない。そこで、パイプのそばに木を寝かせ、鹿の肢が直接パイプに触れないようにするとともに、パイプのそばを歩きづらくさせようという作戦を立てた。だが、いかんせん急斜面である。全長三百メートルである。それらのすべてに木を寝かせるわけにもいかない。だから、鹿がよく歩きそうな場所を特定して対策する。しかし、これが問題だ。鹿がよく歩きそうな場所とはいったいどこなのか……。

パイプが断れる箇所が毎年同じとは限らない。つまり、鹿は好きなところを好き勝手に歩く。獣道がないわけではないが、そこへ重きを置いて対策しただけでは不十分であるに相違ない。歩けないと分かれば、鹿は別の場所を歩くばかりだ。それに、鹿だって生きものだ。なかには無鉄砲なのもいるだろう。そういう奴は、対策箇所へ無理にでも圧《お》してくる。要は敵を知ることが肝要だ。よって、対策の始めとして、まずは鹿の気持ちを想像しようと思い定めた。

それなもので、このところ鹿になりきって暮らしている。鹿はなにを考えるか、鹿のつもりで山を歩いている。すると、なんとなく心が解き放たれる。気分がいい。比べて、にんげんの煩《わずら》わしさを思う。不自由を嘆く。ならば、いっそこのまま鹿として暮らしても……、そう思って日を過ごすうち、ついにじぶんの尻から尻尾が生えてきた。じぶんは、大いに喜んで、それをかわいがった。近ごろは、気分ひとつでその尻尾を自在に動かすことさえできるようになった。

山門

そのときだった。

男の抜いた刀が、幽《かす》かな月明かりを総身に浴びてひかめいた。

「そうまでいうなら斬り捨てるまでだ」

刀は、両尖《りょうさき》に槍刃がある、いかにも重そうな棒のごとき代物《しろもの》だった。そいつを軽軽と頭の上へかざして男が構えた。

男の背後を夜風が吹き、門のそばに転がっている木桶が夜の底でかたかた鳴った。勢いのいい筆で弧を払ったような三日月が、阿弥陀堂の上にすくっと立っている。

若者は、身を硬くして男を見た。

「どうした」男が嘲《あざけ》った。「死ぬのが怖いのか」

肉の隆起した毛のない男の眉が吊り上がる。

「怖ろしくてへらず口も出んとみえる」

そういうと、男は若者を見下げるがごとく大笑した。

若者は男を憎んだ。だが、相手はじぶんの倍も背丈のある大男だ。もろ肌脱いだその半身は、分厚い胸板の下で腹の筋がいくつにも割れ、肩から腕へかけて盛り上がった筋肉は、山骨《さんこつ》のごとき連なりを見せている。力ではとうてい敵《かな》いそうにない。なので、若者は萎えそうになる両の足を踏んばって腹に力を入れ、声を限りにがなりたてた。

「おめえこそ、その臭い口を閉じいろお。いつだってぽかんと開けてやがって。おめえなんざいくら威張《えば》ったところで、しょせんは木偶《でく》じゃねえか。火をつけりゃあ、とたんに燃えてなくなっちまわあ」

「元気がいいな、小僧」

「うるせえ。金剛力士がなんだってんだ。怖くねえぞお」

するとと、男の背後からもうひとりの大男が姿をあらわした。もうひとりの大男もやっぱり筋肉豊かでいかにも頑丈そうであったが、こちらの男とちがって口は閉じたまま、なにもしゃべらない。やぶれかぶれになった若者が毒づいた。

「お仲間はいやに物いわずだなあ。お望みなら、そっちの木偶の坊もいっしょに燃やしてやってもいいぜ」

もうひとりの大男は若者の雑言《ぞうごん》にはとりあわず、口を閉じたまま、相方に首肯《うなず》いてみせた。すると、刀を振りかざしていた男は、静かに刀を下ろし、ふたり並んで山門へと帰っていった。それを見た若者は胸を撫で下ろし、思わずその場にへたり込んだ。

爾来《じらい》、門に入《い》った阿吽《あうん》の像は、いまも往来を睨んでいる。

風の道

向こうの林の梢《こずえ》を風が渡っている。

見てみろ、あそこは風の通り道だ、と橋の袂で男がいった。青年は、風にそよぐ木木の樹冠に目を凝らした。風は林を過《よ》ぎると渓伝《たにづた》いに橋の上を吹きさらした。林のすぐ手前に立つ白樺《カンバ》の木が、黄色く色づきはじめた葉をそよとも揺るがさずに立っているのが、かえって風には、はっきりと道のあることを青年に教えた。

「お前はなにかといえば、おれの自由だというけれど」男がいった。「お前にもわしにもそもそも自由などない」

それを聞いて青年は、またかと苦笑した。

「そんなことをいいだせば、話になりませんよ」

「話にならないのはお前のほうだ」男が向こうの林に目をやった。「風にだって己《おの》れの吹く道がある。自由に吹いていいわけがない」

「じゃあ、父さんは自由を認めないというんですか?」

「認めないというておるんじゃない。はじめからそんなものは無いというとるんだ」

「今の時代に、そんなことは通用しませんよ」

そういって青年は男から顔をそむけた。

「じゃあ、お前のいう自由とやらで、あの白樺を竹にできるか？」

「なんのことです？」

顔をもどした青年が、怪訝な色を見せた。

「こういうことだ」男がつづけた。「いくら頑張ったところで、山を海にはできんだろう。首を逆さには傾《かし》げない。自由などといって、所詮はそれほどのものだ。自由があるとすれば、それは自然の中にある。自然に逆ろうて好き勝手しようと思うても、どだい無理な話だ」

「それはいくらなんでも屁理屈というものですよ」

青年が笑った。

「権利も義務もない。天然自然、なすがままだ」

「わからないなあ。なすがままなら、自由ってことじゃないですか」

「わからんのはお前のほうだ」

男がいい放った。青年は、話にならないよ、といい捨てると、先に立って橋を渡った。

男は、向こうの林をしばらく見つめていたが、遠ざかる青年の背中にちらと目を向けると、ゆっくりと橋を渡りはじめた。

渓《たに》を伝って、ふたりのあいだを風が吹き抜ける。

月あかり

わたし、もうへとへと。

今日は一日収穫を手伝った。久しぶりだったけれど、じぶんでもよくやったと思う。去年は仕事が忙しくてお正月にも帰ってこれなかったから、稲刈りくらいは手伝おうかなって、少し罪滅ぼしの気分もあった。

けど、こうしてみれば、やっぱりわが家はいいもんだ。近所の人もみんな気持ちのいい人たちばかりだし。滝沢のおばちゃんがわたしのこと見て、べっぴんさんになってえ、とびっくりしてたっけ。お世辞とわかっていても、やっぱり、うれしい。みんな変わりなくってなによりだ。お母さんも元気だし、お父さんは少し老《ふ》けちゃったかな。わたしだって、親と喧嘩までして都会に出たのはいいけれど、あれからもう六つも年齢《とし》とっちゃったんだから、仕方ないか。有給休暇、もっともらってくればよかった……。

少し肌寒いけれど、庭に出て飲むビールはおいしい。

お父さんも出てくればいいのに。

嫁にもいかず、実家の庭先でひとりビール飲んでる娘なんて、気に入らないのかな。

わたしだっていろいろあるんです。

ビールだって飲むんです、お父さん。

あ、出て来た。

すっかり顔が赤くなってる。

お疲れ様です。

……

そっか。

お父さん、こんなにたくさん酔わないと出て来れなかったんだ。

老けちゃったなんて言ってごめん。お父さん、いい顔してると思うよ。今日はお月様があかるいから、お父さんの顔、よく見えます。


夜がこんなに暗くって、月がこんなにあかるいってこと、わたし、忘れてました。ほかにも忘れてること、たくさんあるような気がします。

帰ってくれば、また思いだせるでしょうか。帰ってきてもいいですか？

お父さん。

ねえ、お父さん！

月あかりで見るお父さんの寝顔、やっぱり少し老けちゃったみたい……。

いつもながら和《かず》ちゃんが、険しい目をして畑を眺めている。頑固に口元をひき結んだその顔は、邪鬼を踏んづけたなり眉をつり上げ虚空を睨む毘沙門天のようにも見えるが、もちろん、和ちゃんはなにも睨んでやしない。つい畑を見ているだけである。ぜんたい、顔が怖いのは元からのことはいえ、わざわざあんな面貌《つら》をこしらえているのは、恥ずかしがりのせいもある。ほんとうは、生真面目で、いたってひとのいい独身中年男なのだ。

「和ちゃんよお」萱葺きの婆やんが声をかけた。「おめえの隣りン家《ち》にこんど都会から越してきた若夫婦はどんなもんだい」

「どんなって、まあ」和ちゃんが応えた。「若いのに百姓をやりたいってさ。なんせ畑仕事が好きらしい」

「和ちゃんよお」婆やんがつづけた。「それなら、おめえがよおく面倒みてやらねばいかんぞ」

「なにを？」

「なにをって、畑仕事を教えてやるだわ」

「わしがかい」

「そうさあ」

「そりゃええが」和ちゃんが、専売特許の怖い顔をして遠くを見た。「わしは、ああゆう若いのは苦手じゃからな」

「なに吐《こ》くだ」婆やんが叱った。「おめえはお隣りだもの。おめえが親切に教えてやるだわ」

遠く裾を広げる向こう山の麓《ふもと》では、落葉松《からまつ》がその針葉をすっかり金色に染めている。山の中腹の赤いところは広葉樹で、今年は寒暖の差が激しかったためか、去年にもまして濃く、鮮やかに赤い。稜線を東西にゆったりと曳いた、紅葉目映い峰の手前には、白と青との濃淡を細やかに示しながら、尾根に限られた狭い空が、連山に囲まれた谷間《たにあい》の、ぽっかりとそこだけ平らかなこの聚落《しゅうらく》の上へ処を得て、円屋根《まるやね》のごとくに浮かんでいる。凪はいたって爽やかだ。

「けど、おめえのその顔がなあ」そういって婆やんが和ちゃんを見た。「若夫婦が怖がらねばええが」

「わしはそんなに怖い顔をしとるかな」

「ああ」婆やんがまじまじと和ちゃんを眺めた。「しとる」

「そりゃいけんなあ」

「それだから、ほれ、笑ってみ」

いわれて、和ちゃんが笑った。その珍妙な痙攣《ひきつ》った笑い顔を見て、婆やんは嘆息し、手本を示すべく、和ちゃんに笑ってみせた。皺の深く刻まれた婆やんの笑顔は、まさしく燻《いぶ》し銀である。

疑心

山の景はすっかり暗いのに、空だけが朱く焼けている。それは、とうに山の向こうへと沈んだ陽が、あちらがわから照り返して、空を朱く染めているからだ。だが、しかし、じぶんはなぜそのことを疑わずにいるのか。陽は山の向こうに必ずあるとは限らないではないか。そんな気味合いの疑心が不意に生じて、胸の奥がざわついた。

こちらからは見えなくとも、陽が山の向こうに隠れているのは疑いのないところだ。そう頭で思い做《な》してはみるが、どうにも鎮《しず》まらない。胸のざわつきは、ますます嵩《こう》じるばかりだ。見えないものを無いとするは、理性に悖《もと》る不条理な考えに過ぎないと、いくら頭で整理しようとしてみても、いったん起こった不審の念は、そう容易くは消えてくれない。こうした不安心は、すべて過敏になった神経の発作のせいである。そのように、じしんの頭に説明もし、じぶんとしても、それによっていったんは得心のゆく気もしたが、やはり、そうやすやすとは騙せない。もはやこの世界すら、在ること自体、疑わしい。

朱く焼けた空には、薄いまだらな雲が浮かんでいる。その雲を入《い》り方《かた》の光りが照らしている。光りは、雲を突き透《とお》して山の頂きへと落ちている。だが、落ちる先で空に溶けて、空との優劣を争わぬまま、空にへつらい、あたりをかすか明るませているばかりだ。

山道にあって空を見上げ、雲の絶間《たえま》の空の色にしばらく見惚《みと》れていたじぶんは、急に怖くなって思わず後退《あとじさ》りした。このまま空を見上げていると、いつかじぶんの心が激昂して頭が変になってしまうのではないかという、徒《ただ》ならぬ予感が起こったのだ。予感は総毛が逆立つほどに強くじぶんを捉《つら》まえた。じぶんは、山で人と出会《でくわ》した鹿が、踵を返してただちに跳び去るごとく、山道を走って逃げた。

じぶんは朱く焼けた空を背にして駈《か》けながら、けっして振り向くまいとした。振り向いたが最後、空は容赦なくじぶんを気狂いにするだろう。じぶんは懸命に走った。口の中が酸っぱくなる。金属質の耳鳴りがする。もういけない。じぶんの背後には、朱く焼けた空がじぶんを覆いかぶそうと今にも膨らんで、迫り来ているにちがいない。振り返っては危ない。振り向くまい……。

じぶんは息を弾ませて山道を奔《か》け下った。そうして、ようやくのことで、谷間《たにあい》の聚落《しゅうらく》へと帰り着いた。四辺《あたり》はもうすっかり暗くなっていた。秋夜であるにかかわらず、どこやらでまだ鶯《うぐいす》が啼《な》いていた。息がきれるのを整えながら、その声になんとなく耳を奪われたままで立ち尽くしていると、鶯は、やにわにけたたましく叫んで、闇の中を、千切り啼きつつ遠《とお》に渡っていった。

頭の上へは知らぬ間に月が出ていた。月は、触れると指が切れそうな鋭利な刃物のごとくに光っていた。じぶんは、遠ざかりゆく谷渡りの声を耳の底に聴きながら、これで助かったと胸をなでおろした。

妙味

山の暮らしにも金はいる。月末になるとさまざまな金が必要となる。たいていはそれを工面するのに精一杯なので、家には年じゅう金がない。小学校へ上がったばかりの息子も、近ごろはそういう事情を知ったとみえる。

「おとうちゃん」

「なんだ」

「うちは貧乏なの？」

「どうして？」

「アッちゃんがいってたから」

「アッちゃん？」

「学校のおともだち」

「そのアッちゃんはなんていってた？」

「祥太郎くん家《ち》は貧乏だって」

「そうか。いってたか」

「いってた。だから、うちは貧乏なんでしょ」

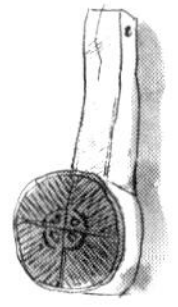

「そうだ。貧乏だ」

それで話は済んだ。アッちゃんなるものが誰だかよくは分からぬが、おそらく誰ぞ噂しているのを耳にしてそのようにいったのであろう。もしそうでないとしたら、それはそれでなかなかに鋭い洞察力の持ち主だ。

我が家の貧乏は今にはじまったことでないから、素人目にはよく分からない。貧乏も永くなると、その間にはいろんな装飾物がまとわる。そもそも金がないから、なんでもじぶんで作ってしまう。材料は何処からか無料《ただ》で貰ってきたようなものばかりだが、貧乏が板についているから、なかなかに上手な拵《こしら》えをしたりする。なので、我が家にはいろんなものがある。それを見て他人《ひと》は、あの家には金があると勘違いをする。薪小屋が三つもある。ウッドデッキだってそこそこのがある、庭には露天風呂まである、といった具合だ。これだから素人は困る。それらはみな金をかけずにじぶんで拵えたものだ。貧乏にもいろいろある。なかんずく、奥山暮らしの貧乏は、しぜん、さまざまな技倆《ぎりょう》を伴ってこざるをえない。足りないものは金をかけずに作る。そうしたあたりに、なかなかに捨てがたい貧乏の妙味もあろうというものだ。そこのところをよく話して聞かせたいものだが、息子にはまだ早いであろう。年端のいかない子どもに所詮、貧乏の味わいの解せるわけがない。そう考えながらじぶんは、月末の金策のため、家をあとにした。今日は朝の四時から農園でブロッコリーを収穫する日雇い仕事だ。貧乏は味わい深いが、少少眠たい。

捨てる

山道を犬を連れて散歩していると、向こうから作蔵さんがやってきた。おそらく茸でも採っていたのだろう。背にした竹籠《たけかご》がずっしりと重そうだ。

「その犬はおまえさんのかい」と作蔵さんが問うてきた。そうだと、じぶんが返事すると、作蔵さんは犬をじろじろと見廻した。犬は作蔵さんには見向きもせず、地べたの匂いを嗅いでいる。

「やあ」と作蔵さんが怪訝そうな顔をした。「この犬はおざきよつしろうだなあ」

はて、なんのことだか分からない。

尾崎四志郎？

犬にそのような名を付けた覚えはない。なので、訊いてみた。

「尾崎何たらとは、どういう意味です？」

「やあ、この犬は見たとこ黒犬じゃけれども」作蔵さんが犬を眺め下ろしながら答えた。「ほれ、尾と肢の先だけが白いだわ」

じぶんはその返答を受けて合点《がてん》した。

作蔵さんのいうのは、尾の先と四本の肢の先が白い、つまり「尾先四白《おざきよつしろう》」であったのだ。ともあれ、そんな言葉をはじめて耳にしたじぶんは、求めずとも作蔵さんが話しつづける尾先四白の解説を聞くうち、だんだんと嫌な心持になってきた。

作蔵さんの話では、いわゆる尾先四白とされる黒犬には、超自然的な、世にいう霊力なるものが備わっていて、一般人が飼うには難しく、お寺以外では通常飼われることはないのだそうだ。

「そりゃ困ったなあ」とじぶんが浮かぬ顔をした。

「まあ仕方ねえだ。昔はそういうたものじゃが、気にせず飼えばええさあ」と作蔵さん。

とはいわれても、聞いてしまった以上、やっぱり気になる。作蔵さんが去ったあと、犬を見ながら考えた。

――坊さんでないと飼えぬとなれば、あとはじぶんが出家するよりほかない……。

犬はこちらの気も知らず、地べたの匂いを嗅ぐのに忙しい。

――世を捨てれば、生活《くらし》は現在《いま》よりもまだ貧しくなるに相違ない。そうなれば、飯もろくに食わせてはやれないであろう。貧乏には慣れているとはいえ、赤貧洗うがごとき無一物の境涯は、想像だにできぬ厳しいものだ。さて、お前にその覚悟はあるか……。

じぶんは、厳粛なる面持《おももち》で犬に問うてみた。

犬は、だが、主人の顔をわずかに盗み見はしたものの、またぞろ地べたを嗅ぎ廻って、いっこうに動ずる気配がない。実に泰然自若としている。犬のほうが肚が据わっているようだ。

世を捨てるどころか、これでは、じぶんが捨てられそうな気がする。

珠

祥太郎は学校へ上がってはじめて友達とけんかした。そうして、負けた。悔しくてたまらない。じぶんがじぶんであることに打ち負かされるような、情けない心持がする。なので、虫の居所が悪いまま、ひとり学校からの帰り道を歩いていた。

そんなとき、道端の陽のあたる青青した草葉の上へ、見慣れぬ昆虫が一匹しがみついているのを発見した。ぷっくりと膨らんで浅黄色したそれは、なにかの幼虫にも見えるが、果たしてどういう成虫《むし》に孵《かえ》るのか、見当がつかない。だが、白い斑点が、体色の鮮やかな中へ浮かんでいるさまが美しく、肢を賑《にぎ》やかに繰って動くところなど、えもいわず好もしい。たちどころに魅せられた祥太郎は、道端へ尻を落としたなり、身を屈《こご》め、それを観察しはじめた。

昆虫は、祥太郎が顔を寄せて好奇の眼差しを注いでいるにもかかわらず、草の上を平気でもぞもぞとすすんでいる。そうして、先細りする草葉の、きりりと鋭く細って光りのひと条《すじ》となった葉尖の、尖《とが》りきったその一点まで来ると、体を器用に丸めだし、完全に丸まったのちは、微動だにしなくなった。

両の目を大きく見開いて観察する祥太郎の前で、昆虫は、反りかえる草葉の尖で、奇蹟のような危うい平衡を保ちつつ、ただ丸まっている。まるでそこだけが、時間が止まったかのようで、ひっそり閑としている。そうして、その静けさが、どこまでもまじりのない浄らな静けさであるがために、祥太郎は、息をするのも躊躇《ためら》われるくらいであった。やがて、昆虫は、宿していたじしんの重さをしんしんと失いながら珠《たま》となり、その鮮やかな色も徐徐にさめはじめた。とそこへ、黄葉した落葉松《からまつ》の樹林から匂やかな風が渡ってきた。草葉がそよいで珠が揺れる。風は、むろん祥太郎にも吹いた。飛ばされぬよう帽子を軽く押さえ、祥太郎は、跼《かが》んだままでなおも凝視《じっと》と珠を睨んでいる。

珠はすっかり透明になった。だが、あんまり透きとおるものだから、失ったはずの重さが水のように蘇り、いかにも粘粘《ねばねば》していそうな表面の膜の、内と外との均衡が崩れだした。そうして、珠の重さに草葉が撓《しな》ってどうにもつり合いがとれなくなったその刹那、珠は弾けるように葉尖を離れ、撥ねもどった草がぴゅんと金属質の音を発した。その音は、祥太郎もたしかに聴いた。だが、それきりなにも分からなくなった。落下した珠は、あさつゆのように地べたに吸い込まれてすでに無い。そして、祥太郎の姿も見当たらない。

どれくらい経ったろう。珠を吸い込んだ地べたの、その湿り気を残したあたりから、それは不意にもぞもぞと這いだしてきた。そうして、触覚を前肢でこすってひとしきり調《ととの》えると、翅《はね》を大きくひろげ、黄金色した林のほうへぶーんと飛び去った。

風を摑まえた祥太郎が、晴れ晴れとした心持で風にのって、そのまま一気に舞い上がる。

秋の森

第一幕

第一場

秋の森。朝。五人の男たちがそれぞれ、なにやら森の奥で探し物をしている。

男一　おい、そうじぶんだけ先へ急ぐなよ。
男二　お前こそ、ぬけがけするつもりだろう。
男三　なんだよ。見つけたらみんなで分けるんじゃなかったのか？
男四　はは。平等に分けるだなんて、時代錯誤だよ。
男五　おいおい、おれたちは進歩的なる文化人じゃなかったのかい。まあいいさ。ここはひとつ、見つけた者が全部いただくとしよう。（男たち、それがいい、それでいこう、と口々に賛成する）
男一　けど、そしたら喧嘩になっちまうぜ……。（それを聞いた男たち、考え込む）

――黒幕――

第二場

秋の森。昼。五人の男たちが出てくる。全員が外を向いたまま手をつないで丸くなり、機会の平等を保ちつつ、丸くなったままで探し物をし、男たち、そのまま舞台を横切って退場する。

——黒幕——

第三場

秋の森。夜。男四が疲れた様子で出てくる。

男四　（息をきらしながら）へへ。ここまで来りゃあ、そうは追いつけねえだろう。（言いながら探しはじめ、舞台奥になにやら見つける）あ、あった！（見つけたその物の発する眩しい光を全身に浴びる）

男一　（息をきらしながら出てくる）そいつは俺がもらった。（そう言って男四を銃で撃ち殺し、光のそばへ歩み寄る）

男二　（息をきらしながら出てくる）そうはいかねえ。（そう言って男一を銃で撃ち殺し、光のそばへ歩み寄る）

男三　（息をきらしながら出てくる）悪いな。（そう言って男二を銃で撃ち殺し、光のそばへ歩み寄る）

男五　（息をきらしながら出てくる）俺に寄こせ。（そう言って男三を銃で撃ち殺し、光のそばへ歩み寄る）

重なり合って死んでいる四人を掻き分け、光を覗き込んだ男五は、探していた物の正体を知っておののき、銃で自らの頭を打ち抜いて屍の上へ倒れる。

——幕——

月の季節

「なにかお話聞かせて」

夜になると、少年がいつものようにせがんだ。

老人は、囲炉裏の前で語りだした。

「むかしむかし、小さな島国に暮らす、貧しくとも心穏やかなひとびとがあった。その島は、火山をもち、四方を海に囲まれていたから、ときとして山は震《ゆ》れ、海はかたむいた。ひとびとは、そのたびごとすべてを奪われたが、けっして自然を恨むことはなかった。ひとびとは、畏《おそ》れながらも自然を愛し、ことのほか月を愛《め》でた」

「めでたって？」と少年が訊いた。

「愛したということだ」老人がつづけた。「ひとびとは、月を眺め、月に心を映して、多くの歌を詠んだ。だが、懸命にはたらき、貧しかった生活《くらし》が少しずつ豊かになるにつれ、自然は蔑《ないがし》ろにされ、ひとびとは月を眺めなくなった。そうして、より豊かな生活を望みはじめたひとびとは、他所《よそ》の国の生活を羨《うらや》むようになった。豊かな他所の国では、自然は克服すべき敵であり、月は不吉なしるしだった。だから、ひとびとは月を忘れ、太陽にあこがれた。そのうち、ひとびとは、自然は思いどおりに操ることができ、太陽さえ意のままになると、奢《おご》った考えを抱きはじめた。

そうして、ひとびとはついに太陽を手に入れた。太陽は夜を明るく照らし、ひとびとの暮らしを豊かにするかに見えた。だが、それも永くはつづかなかった。太陽はいったん大地が震《ゆ》れると暴走をはじめ、どうにも手に負えなくなり、結局、ひとびとは太陽を操ることをあきらめた」

「それから？」と少年が訊ねた。

「暮らしは元のように貧しくなって、夜は暗くなった」

「それでおしまい？　よくわかんない」

少年が不服そうな顔をした。

「わからなくとも、かまわんさ」

「いいことは、なんにもなかったの？」

「そうさな」老人がちょっと考えてから、つぶやくようにいった。「そう、ひとつだけあった。ひとびとは、月夜の明るさを思い出した……」

少年は老人の話を聞いたあと、ひとりおもてへ出た。

身にこたえるほどではないにしろ、外の空気は少少肌寒く、風にのって流れてくる山の匂いが、茸狩りで山に入るときに嗅ぐそれと同じ匂いだった。

空には白くて丸い月が煌煌《こうこう》と浮かんでいる。

少年は恍然《うっとり》と月を眺めながら、夏が終わったらしいのを知って、さびしんだ。

名人

萱茸きン家《ち》の婆やんが茸狩りに行くというので従《つ》いていった。いや、従いていったでは聊《いささ》か正確さに欠ける。実のところは、頼み込んで連れていってもらったのだ。

この婆やんは、聚落《むら》でも有名な茸狩りの名人だ。婆やんに敵う者は誰もいない。だから、婆やんの名人たる所以《ゆえん》をどうかしていちど確かめてみたいと思っていた。そうして、ついにその日が来たというわけだ。

「どうれ、このあたりで探してみるかね」急な山道を半時くらい登ったあたりで、婆やんが道脇の林へ足を踏み入れた。じぶんも後につづいた。金色に黄葉した無数の針葉が枝を螺旋《らせん》にまとい、枝は表面の裂けた褐色の太い幹のぐるりからほぼ水平に展《ひら》いて、その全体は樹幹の尖った細長い円錐を成している。落葉松《からまつ》の林が季を映す装いは、遠く眺めればこそ素晴らしい。だが、こうして林の中へと入ってしまえば、薄暗いばかりで、頭上を見上げて感心するなど、思いも及ばない。こちらは茸が目当てなのだから、首を垂れ、下を向いて動き廻るばかりだ。

山道伝いに林を横へ少し歩いたところで最初のが見つかった。橙褐色のてろりと滑った傘が、鬱林の僅かな光りに照っている。利口坊《りこぼう》だ。落葉松の積もった落ち葉の隙間から何本も顔を出している。まだ傘が開ききっていないものも多く、傘の裏から柄にかけての黄色が、いかにも鮮やかだ。疵つけぬよう一本ずつ丁寧に採って、腰に巻いた竹籠に入れてゆく。そうして、そこにあるすべてを採り終えると、幸先の良いのを頼みに、四辺《あたり》を隈なく探しにかかった。

林床に目を配りながら歩く。見つけた。採って籠に入れる。そうして、また歩く。あった、あった。見つかればこれくらい愉《たの》しいものはない。次第に夢中になる。時を忘れる。

籠が重くなってきたので、腰を伸ばしてひと休みした。そういえば、婆やんの姿が見当たらない。「おーい」と叫んでみたが、声は虚しく森の奥へと吸い込まれ、返事がない。名人のことだからよもや迷うこともあるまいと、気を変えてまたぞろ茸を探しはじめた。

一時間ほどして、元の山道へと引き返した。待っていると、やがて、婆やんも帰ってきた。婆やんの籠には、こちらの三倍はあろうかという大量の利口防が入っている。すごいねえ。じぶんが驚くと、婆やんは照れくさそうな、それでいて少し迷惑そうな顔を見せた。いったい、これほどの茸を何処で採ったのかしらん。同じ場所から入ったはずなのに、婆やんは、道を挟んだ反対側の林から出てきた。どうも別な見当に良い出場《でば》があるらしい。どのあたりへ行ったのかと訊ねてみるが、婆やんは、にやつくきりで教えてはくれない。歯のない口をあけ、息を漏らすような笑い声を立てているばかりだ。

婆やんは、やはり聞きしに勝る名人であった。

そして、名人は、妄《みだ》りに極意を授けたりはしない。

森閑

感覚を体の奥に森《しん》と澄まして音を聞く。

まず風がわたる。木木の葉の擦れる音がしてゆさゆさと森が揺《うご》き、森は風の吹きわたるそばから音を奏で、ついには、風そのものを音に変えて律動《リズム》を刻む。

次に鳥が啼《な》く。森のどこかでひと声啼いたのに呼応して、ほかの鳥たちが歌いだし、交響した声は清新な森の空気を震わせ、その振動が波となって旋律《メロディ》を導く。

それら風の音や鳥の声が交わり高まって、森の奥行きに立体の膨らみを形づくるとき、音は音の喧噪それ自体の中へと次第にこもってゆき、音楽の澱《おり》となって森の底へと閑《しず》かに沈殿した。そうして、森閑となった森の真中《まんなか》に男がどっかりと座り込んだ。男の破れた粗末な作務衣に、木漏れ陽が這う。

男は、腿の上に片足をそれぞれ乗せ、踵を腹に近づけて結跏趺坐《けっかふざ》を組み、右の掌《て》のひらを上に向け、それへ左の掌のひらを上にして重ねると、両手の親指の先をかすかに合わせて法界定印《ほっかいじょういん》を結んで半眼となり、視線を森の底へと落とした。

男が閑かに息を吸う。

男が息を吸うと、森は窄《すぼ》んで丸くなり、やがて、全体がひとつの透明な露となって、草葉の尖《さき》にとまった。

男が閑かに息を吐く。

男が息を吐くと、それは森の中をまたたくまに拡がり、やがて、森の全体を白く蔽《おお》う霧となって揺曳《たなび》いた。

そうして、男は呼吸しながら森の時間を失わせた。

時間は、はじめ男の周囲をうろつき、まとわりついていたが、男が構わずにいると、いつしか森のひとところに吹きだまり、ほどなくして眠りにつくや、挙句《あげく》、時を刻むのをやめてしまった。

そうして、男は時間のない世界の只中に座りつづけた。

一時間が経とうとしていた。

百年が過ぎたかもしれなかった。

男は時間を超えたところで座りつづけ、座りつづけることで、座りつづけている現実の上にさえどっかりと腰を下ろして、座りつづけた。

そこへ、桐の葉が一葉《いちよう》、ひらひらと舞い降りてきた。その紅い葉が男の頭の上へふわりと落ちた一弾指《いちだんし》、落雷のごとき大音声が世界に轟き、男は半眼の目をかっと見開いた。

男は悟った。

悟った男に森が笑いかける……。

御菜

男は、奥山の森の中で大悟《たいご》してのち、住まう者とてない荒れ果てた山寺を見つけて、そこの住職となった。

床の抜けた本堂には、虫の喰った仏像がひとつあるきりで、金目のものはすべて持ち去られていた。そんな破《や》れ寺であるから、檀家なども有るのだか無いのだか分かったものでない。男は境内に畑を耕して食うことにした。

男が住まいしだしてひと月後、初めて寺を訪れる者があった。男が焚いていた落葉の煙りが山の中腹に昇るのを見て、不思議に思った老百姓が、麓の山里からわざわざ様子を見に来たのだ。

「あんた、ここに住んでおいでか」

焚き火にちょっと手をかざすとうしろを向き、野良着の背を炙りながら、百姓が訊いた。

「ああ」

火に落葉を焼《く》べながら、男がぶっきらぼうに応えた。

百姓は、いたるところに蔓の搦《から》む朽ちかけた庫裏《くり》を眺めながら、

「なら、あんたが和尚さんちうことかのお」

と男に訊ねるともなくつぶやいた。

どこぞで鳥が啼《な》いた。境内が背負う岩山の、急峻な崖に根を張った山桅《やまもみじ》が、その大ぶりな枝を崖下へ向かって垂らしているところへ、昼の陽が赫奕《かくやく》たる光りをそそいでいる。男は、血のように赤く照った桅が、さも折り目正しく己《おの》れを殺して静まり返っているのが気に食わず、「ふん」と鼻で嗤《わら》った。

「食いもんはどうしとるんかい」

百姓が問うた。

「畑がある」

男が答えた。

「あれがそうかね」

百姓が耕された境内の一劃《いっかく》を顎で示した。乾いた土塊《つちくれ》がごろごろするあたりに、わずかばかりの葉物がひょろひょろ生えている。百姓はややあって焚き火を離れると、畑には目もくれずにその脇を歩き、山を下りていった。

翌日、婆さんを伴って百姓がふたたび寺へやってきた。そうして、庫裏に転がっていた古い木桶の箍《たが》を締め直すと、婆さんとふたりして、担いできた御菜《おな》を手際よくそれへと漬けた。

その年の冬、男は、老夫婦の置いていった米と御菜漬けだけで食いつないだ。老夫婦の漬けた野沢菜の味は、ことに絶品であったそうだ。

老人はあるときから年齢《とし》を数えるのをやめてしまった。だから幾歳《いくつ》なのかじぶんでも分からない。また、分からないところでさしたる不便もない。年齢のことが話題になれば、「馬齢だけは重ねてしもうとるから」といって、それで済ましている。

老人がまだ六十代半ばであった時分、山へ山菜獲りに行った時のことだ。たらの芽やコシアブラなどを摘みながら深山へと分け入って、老人は、山の急な斜面にハリギリが群生しているのを見つけた。まだ展《ひら》ききらない黄味がかった軟らかい芽は、天ぷらで食すと格別である。老人は、すぐさまその斜面に取っ付いた。だが、ハリギリには、十メートルほどの背丈のものから、なかには三十メートルにもなろうかという大木もある。それに、幹の樹皮は縦に深く裂け、若い枝には鋭利な棘もあるので、登るのも容易でない。といって、背伸びして木の芽を捥《も》いだところでそうはたくさん獲れない。なので、老人は、腰に提げた鋸《のこ》で太い幹を伐りはじめた。伐り倒して、手っ取り早く拾い集めようという目算だ。そうして、夢中になって、倒れた木の枝から芽を摘んで廻るうち、落葉の重なりに足を滑らせ、老人はそのまま谷底へと転げおちた。

谷底にあって、頭から血を流し、老人は瀕死の傷を負っていた。足腰も強く打っており、立ち上がることすらできない。意識が朦朧として、わしもこれで終《しま》いだなと考えていたとき、横たわる老人の足元になにやら聳《そび》え立つものがある。血で汚れた頭を傾げ、その聳えるのを眺めやれば、果たしてそれは一頭の巨大な白いカモシカであった。

「山を荒らす戯《たわ》け者よ」カモシカがいった。「山を荒らさば、後《のち》の世はおろか、今世《こんぜ》までも危《あや》うくなる。悲しや、己《おの》れを利するに汲汲《きゅうきゅう》たる大莫迦者《おおばかもの》よ」

老人は夢でも見ているのかと疑った。だが、そうでないことはすぐに知れた。カモシカが言葉を発すべく口を開くたび、獣臭い匂いが強烈に鼻を突く。だから、これはけっして夢まぼろしではない。そう思った途端、老人は、にわかに恐ろしくなった。そうして、じぶんでもがたがたと体が震えてくるのが分かった。

「汝《うぬ》は幾歳になるか」

カモシカが問うた。老人は六十六だと答えた。

「それほど生きておって、まだ道理が分からぬか」

老人はおののいてカモシカに謝った。そうして、まもなく意識を失った。気がついたときには、家の前の草叢《くさむら》に寝ていた。山の神に運ばれたのだと思った。

それ以来、老人は年齢を数えなくなった。来年には傘寿の祝いを迎えるはずだが、今もって数えるつもりはないらしい。

気配

　なにごとも、それが訪れるとき、気配がある。夜にしたってそうだ。夜が来るとき、夜には夜の気配がある。うつろう雲を透かして朱い光りが山里を照らし、陽の名残りに聚落《むら》の家家の屋根が日なかに溜め込んだ熱を放出《はな》ちながら錆色に耀くとき、夜はその気配を漂わせている。硝子の破片に光り戯れるようであった川面《かわも》が、羊羹《ようかん》のごとく艶めいてとろりとろりと流れだすとき、夜はその気配を伴ってすぐそこまできている。

「君は夜が好きなのかい？」

「嫌いじゃないわ。月明かりに照らされた青い山を眺めるのは、じっさい気持ちのいいものよ」

「月のない夜だってあるさ」

「そんなときは星を眺めていればいいわ」

「おれは夜は嫌いだ」

「なぜ？」

「なぜって、眠れないからね」

「不眠症ってこと？」

「まあ、そんなとこさ。毎日、夜の気配を感じるたび、嫌な気分になるよ」

「じゃあ、無理に寝なくったっていいじゃないの」

「そうはいかない。しょせん君にはわからないのさ」

「わかるわ。あたしだって眠らないから」

「そうなのかい？」

「ええ。もう何年も満足に寝たことはないわよ」

「それでよくやってるね」

「かんたんなことだわ」そういうと、猫は大きな欠伸をひとつして顔を洗った。「そのぶん、昼間寝てるもの」

「それができればな……」遠くを見る目になってしばらく考え、犬がつづけた。「昼間はいろいろとかまってくる奴がいるから駄目さ」

いい終えると、犬は溜め息をついて黙り込んだ。ほどなく、猫は肢を前に投げだして大儀そうに伸びをしたなり、素気なく屋根伝いに姿を消した。残された犬は、じぶんの尻尾を追うがごとくその場へ渦《とぐろ》を巻くと、目を瞑《つむ》った。

ようやく眠りに落ちそうになったそのとき、なにやら気配を感じた犬が、目は瞑ったままで、耳をぴんと立てた。秋風の吹く中を、誰かが近づいてくる。主人らしい。

——もう散歩の時間か……。

冬

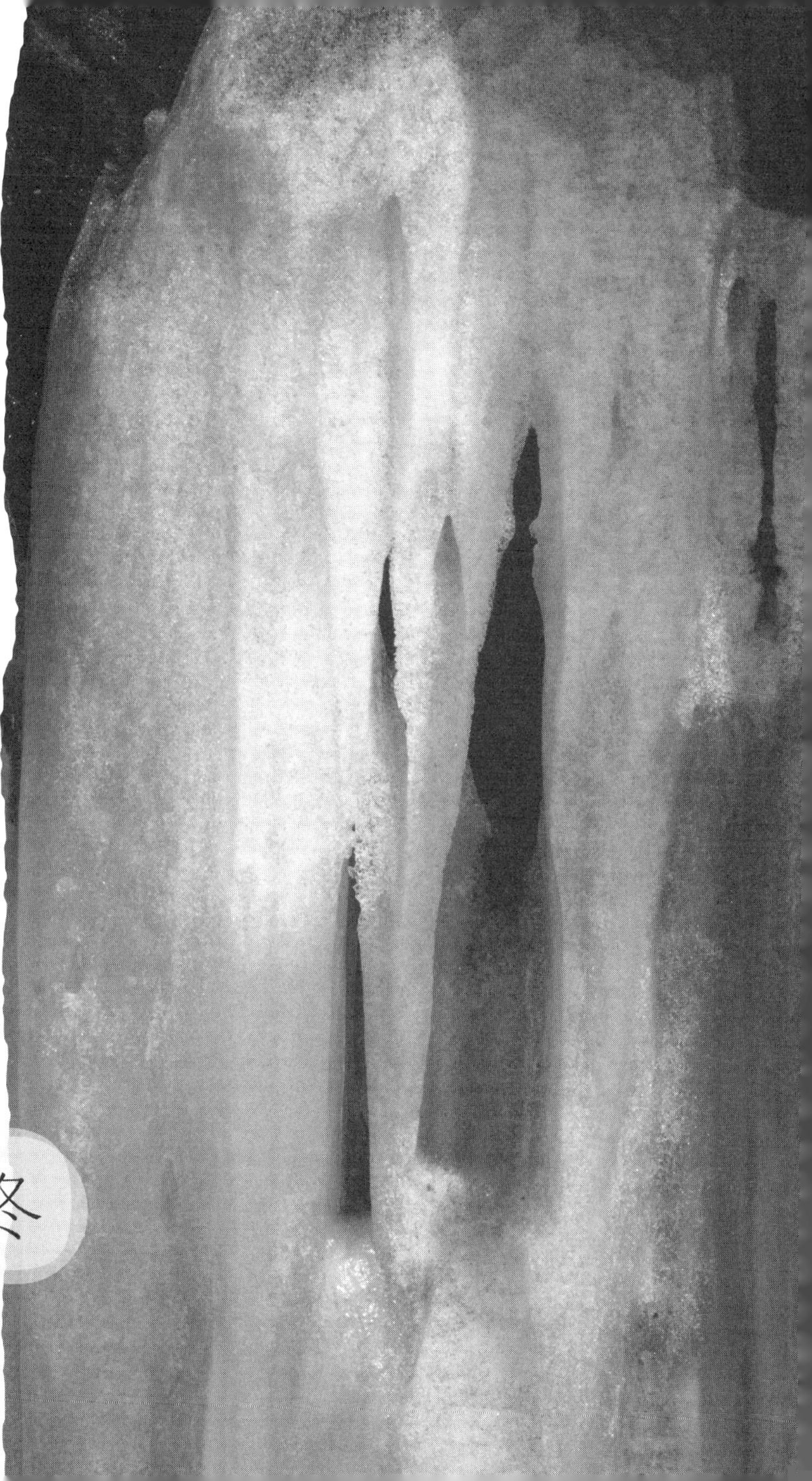

凍雪

ところどころ雪を残した連山の、なだらかに曳いて重なる稜線の、暗い谷間に条《すじ》を落として光りが滝《そそ》ぐ。光りは光りそのものの明るさの中《うち》へ溺れでもするかのようにいちどきに狂騒《さんざめ》き、谷の底を這う沢は、騒がしいそれら光りの粒を流れに浮かべ、いやがうえにも耀いた。その明るい谷を見下ろす山の中腹で、庄三は斧を振るいつづけている。明日には炭焼き窯へ火を入れる。それまでには石窯の中へ立て込む原木を割ってしまわねばならない。庄三が斧を振り下ろすたび、堅木の割れる乾いた音が谷間に響き合って谺《こだま》した。

陽が窯場の真上に来ると、庄三は丸太に腰を掛け、魔法瓶《まほうびん》の茶を飲んだ。小さな風呂敷をとき、木漏れ陽の下でむすびをほおばる。山の中で食う飯は、いくら粗末であろうとも旨い。だが、今日のは少しばかりちがっていた。塩気《しおけ》が物足りない。婆さんは、胸の痛みから先日入院した。だから、こいつはじぶんでこしらえたむすびだ。手塩はちゃんと振ったつもりだった。なのに物足りない。汗をかく炭焼き仕事がため、婆さんは、おそらくふだんから多めに塩を加減してくれていたにちがいない。庄三は今さらながら、あらためて妻の気遣いを有難く思った。

炭材を割りそろえる頃には、窯場の陽も翳《かげ》りだした。火入れの明日にそなえて早めに山を下りようと、庄三が道具を片付けていた、そのときだった。なにげなく目をやった先に、獣の気配があった。目を凝らすと、窯場の奥の立ち木の疎《まば》らな山の斜面をカモシカが一頭、こちらへ下りて来るところであった。庄三は、はっとなって思わず体を硬くした。ここいらで獣に出会《でくわ》すのはさして珍しいことではない。だが、そのカモシカは、ふだんよく見る灰や茶の毛をしたそれでなく、全身が真白な毛皮におおわれているのだ。カモシカの白いのがいるという話は聞いてはいたが、こうしてじっさい目にするのは初めてだった。

白いカモシカは、ゆったりとした歩みを急に止めると、庄三のほうへまっすぐに顔を向けた。そうして、その真黒な眸《ひとみ》で庄三を凝視《みつめ》た。目が合った庄三は、ふと思い出した。そういえば、子ども時分に聚落《むら》の老人から教わったことがある。白いカモシカは山の神なんだと……。

「われにひとつ頼みてえことがある」

庄三が話しかけた。

カモシカはことさら驚くようすもなく、じっと庄三を見据えている。

「われなら塩梅《あんべえ》の悪《わり》い者《もん》も治せるだずう」

そうして、庄三は、カモシカに願いごとを語りだした。ひとっきり庄三の話を聞き終えるまで、カモシカは、山肌に融け残った凍雪《いてゆき》に四肢を突き刺したまま、彫像のように動かなかった。

三日ののち、庄三の妻は亡くなった。

庄三は、婆さんが苦しまないで死んだのを有り難く思って、山の神へ深く感謝した。

薄氷

花が崩れて靴箱の上に葩《はなびら》を散らしている。

いつもの癖で「おい」と家人を呼んだ。むろん、応答はない。枯れた花をこのままにしておくのは嫌だが、新しい花を生けようにも、庭先は、昨晩積もった雪が朝方の冷え込みに凍みわたって、花どころではない。庭に花を求めることのできないこのような季節は、どうしていたのか。玄関には、いつだって新鮮な花が生けてあった。思えば、毎日目にしていた花であったが、そうしたことさえわたしは知らない。

葩を手で集める。病み衰えた人のように、干からび、色褪せている。そういえば、この花は、どんな色をしてここに咲いていたろうか。思い出そうと試みるが、いっこう思い出せない。

花瓶を手に玄関を出る。水がいくらか匂う。庭に出て、集めた葩を捨て、花瓶をさかさに振った。腐れた水が、きらきら光る清浄な雪の面に穴をあけた。

空は光りを含んで蒼く高く澄み返り、庭は、冴えた気に清《すが》しい陽を受けて白く光っている。花は欲しいが、春まで待つよりほかないようだ。

花瓶を濯《すす》ごうと玄関に向かって歩きだしたとき、

「おとうさん……」

と声がした。慌てて振り返る。首を曲げて四方《しほう》を見廻した。

「おとうさん……」

また聞こえた。

——かあさんだ。かあさんの声にちがいない。裏庭のほうだ。

花瓶を手にしたまま、裏へと通ずる小道を急ぐ。裏庭の凍てついた地べたの上で、もういちど呼んでくれ、と祈りながら耳を澄ました。だが、声はもう聞こえてこない。それでも妻の姿を追って、未練がましくあたりをうろついていた。と、そのとき、急に足元でぱりんと鳴った。薄氷《うすらい》の割れる音に、はっと我に返った。

——どうかしている。そんなはずはないじゃないか。かあさんは、ひと月も前に亡くなったというのに……。

気を取り直し、割れた氷から足を外そうとなにげなく下を向き、あまり陽のささない裏庭で、そこだけが陽だまりとなっている一劃《いっかく》に目を奪われた。雪を割って、福寿草の花が顔をのぞかせている。

わたしは、その小さな黄色い花の前に蹲踞《しゃが》んで、

「ありがとう。けど、花瓶には無理だよ」

と妻に笑いかけた。

音楽

戸口の庇《ひさし》には毎年氷柱《つらら》が下がる。屋根に積もった雪が底のほうから融けだすと、樋《とよ》のない庇をぽたぽたと垂れる。その雪解け水が風になびきながら凍るので、氷柱は少しく内側に向いて斜めに育ち、それからおそろしく緩やかな弧を描いて垂直に下がる。そうして、長いのや短いのやが、横一列にびっしりと並ぶ。祥太郎は物心ついた時分から、毎年それを数えるのを娯しみにしている。今年も立派な氷柱が下がった。

「一本、二本、三本、四本……」

頭の上に光るそれらを指さしながら数えていく。だが、どれも同じく透きとおっているものだから、数えているうちにどこまで数えたのだか分からなくなる。それでまた、頭から数え直すことになる。

「今年はずいぶんあるな」

「あーもう。わかんなくなるから黙っててよ」

祥太郎が怒りだした。

「そりゃ、すまん」

「えーと、なんだっけ。一本、二本、三本でしょ、四本、五本……」

邪魔しちゃ悪いから、じぶんは家に入った。

山の向こうからようやく朝の陽が昇ってきた。いったん陽が出れば、屋根や庇からは雫が垂れはじめる。朝方の厳しい冷え込みに凍った雪や氷がいっせいに融けだすのだ。陽を後光のように背負った山は黒く雄雄しく、空には片雲ひとつ見当たらない。

「おとうちゃん、数えたよ」

祥太郎が小躍りしながらもどってきた。

氷柱は全部で百八本もあったという。それればかりか、綺麗な音を発するのだという。子どものいうことだから、なんだか分からない。分からないので、見に行った。

「ほら、ね」

耳を澄ましてみるが、聴こえない。

氷柱は、朝の陽を受けて煌《きら》めき、さかんに雫を垂らしている。雫は、波打ちながら氷柱を伝い、光線を弾いて、走《は》せ、滴《したた》っている。その動きと光りの美しさは、ある種の透明な音響を聯想《れんそう》させはする。子どもの無垢な耳は、それを音楽として、たしかに聴いているのだ。

「ね、聴こえるでしょ?」


……………………………………………………………………………………………………聴こえた!

頓馬

空の高みから、いかにも重たそうなのが次から次へと下りてくる。地べたに下りたその一片を肢でこすってみるが、やすやすとは潰れない。今日のは豪《つよ》い雪だ。

祥太郎は父親に命じられたとおり、朝から家屋の周りの雪を掻《か》いている。すっかり片付けてしまえば遊んでよいといわれているものだから、なにぶん急いで掻く。急ぐものだから、自然、仕事はいいかげんになる。そうして、そのいいかげんなところを咎められないようにとあれこれ隠そうとするから余計に手間がかかる。手間がかかるから、見かねた父親が加勢する。ご苦労なこった。どうせ手を貸すのならば、はなからじぶんでやれば良いものを。そのほうが早く済むにきまっている。そんな分かりきったことをあらためて確認し、

「もういい、遊んでこい」

と父親はいう。

こうして傍《はた》から見ていると、いかにも馬鹿げてはいるが、ふたりして其処に気づかないのだから実に頓馬《とんま》なものだ。

掻いたばかりの大地へ、雪はしんしんと降り、積もる。

祥太郎は橇《そり》を持って、こんもりと雪をかぶった家の前の土手を登っている。四つん這いになっ

て懸命に雪の斜面を橇と共に登り、ようやくのことで頂きに達するや、橇の上に尻を据えて股をひらき、苦労して這い上がったばかりのところを一瞬にして滑り下りる。そうして、吹き溜まりに頭ごと突っ込み、冷たい雪にまみれて頭の天辺から足の爪先まで真白になる。真白になって歓《よろこ》んでいる。これも相当に馬鹿げている。

ぜんたい、にんげんは雪に親しむ生きものだ。時に寒がったり、疎《うと》んじてみたりと体裁《ポーズ》はとるが、その実、にんげんは雪が好きなのだ。でなければ、あんなふうに屈託なく雪と戯れるわけがない。

こんどは、祥太郎と父親が小さな橇の上へ縦に並んで尻を据えた。一気に土手を滑り下りる。均衡を失った橇が、真白な土手の斜面のなかほどで横倒しになるや、ふたりは勢いよく放り出された。そうして、雪の中を転げまわっては笑っている。やっぱり馬鹿げている……。

だが、馬鹿げてはいるが楽しそうだ。じぶんもひとつ、ふたりに加わってみたい気がする。とはいえ、このままでは自由が利かない。なので吼えてみた。反応がない。ひとつやふたつ吼えてみるのでは埒があきそうにないから、吼えに吼えつづける。そうして頓《ひたぶる》な努力を重ね、ようやく家の中から祥太郎の母親が顔をだしたので、首輪につながる鎖を外させた。

じぶんは、吼えながらふたりの元へと一散に奔《か》けだした。

じぶんも、にんげん同様、雪は嫌いではない。

葦原

　初冬の清澄《せいちょう》な気界の底に、月明かりで青くなった渺渺《びょうびょう》たる葦《あし》の枯原が広がっている。そいつを踏み分けて男が行く。行くといって、然《さ》れど男にあてはない。葦ばかりがどこまでも生い茂る涯《はて》のない原に分け入って、葦を薙ぎ倒し、引き千切って、その歩みはいかにも荒荒しい。男は悲しみのやり場に困って、ただ無鉄砲に歩いているばかりだ。元来、泪《なみだ》をこぼすことの少ない性質《たち》の男は、泣きたくなった時は、いつだってこうして乱暴に歩き廻る。そうすることで、悲しみを捩《ね》じ伏せる。

　死んだにんげんの魂はどこへ行くのか。男は考えた。不慮の事故で息子は早世した。だが、よりによって俺の息子がなぜ死なねばならなかったのか。息子がなにをしたというのだ。どうしてこのような無慈悲な仕打ちが息子の身の上に起こったのか。考えれば考えるほど、男は荒れた。ひとには幸不幸が平等に与えられているなどと誰がいった。神仏《かみほとけ》はいるのか。いるとすれば、所詮、そいつは役立たずだ……。

　月の淡い光りが、葦原を行く男の顔を照らしている。だが、照らしているのは男の顔ばかりではない。地平のすべてが青く照らされている。男はそれに気づかず、ひとり葦原の中を歩き廻っている。歩き廻って、苦しんでいる。

やがて、疾風《はやて》のような雲が月のおもてに流れ掛かって光りは遮られた。男の顔も葦原の風景も暗くなった。男は構わず歩いている。そこへ、混んだ葦の株元から、突然、明るいものが飛び上がった。火のように美しく発光するその塊りは、葦原を飛び出して、夜の空高く舞い上がった。男は、見上げ、立ち尽くした。火の玉は見る間に小さくなって、やがて闇の中へと没した。

雲が流れ去って、月がふたたび光りをそそいだ。男はしばらく呆然としていたが、また歩きだした。あれは人魂《ひとだま》にちがいない。男は歩きながら考えた。息子の魂は昇ったのだ……。

気づいたときには、葦原は途絶え、眼前には月の光りを水面《みなも》に受けて青く耀《かがよ》う川の流れがあった。背後には、踏み分けた原に一本の道がまっすぐ出来ている。男は、獣道のようなそれを振り返り、泪《なみだ》を流した。泪は、雪解けの水がすべらかな石の上を這うように男の頬を伝った。耳鳴りのごとく響く川の流れの音が男を落ち着かせ、なぐさめる。男は、上着に付いた枯葉や枯穂を払い落とすと、袖を顔に当てて泪のあとを拭い、葦原を帰っていった。

むろん、葦原で男が見たのは人魂ではなかった。一羽の雉《きじ》——冬の静電気を帯びた一羽の雉《きじ》が、闇の中を光りながら飛び上がったのを、男は人魂と思い込んだ。信じた。そうして、信じることで、救われた。

ゆえに、これだけはたしかであると思われる。

男の中《うち》にも、神仏は平等に宿っている。

白と黒

闇を曳き入れる前の暮れ合いの空には、名残りの光りがとりとめのつかぬまま広がり、それは広がるそばから溶けだして、銀灰色《ぎんかいしょく》の空にかすかな明るみを滲ませはするものの、降る雪に閉ざされて冴えはない。

雪は塵が舞うがごとく空の全体を埋め、それは雪であるからたしかに白いのだけれど、白いというなかにも万様のちがいがあって、暗い白から明るい白、分厚い白から薄い白、固い白から軟らかい白、白っぽい白から黒っぽい白と、実にさまざまの白が舞っている。

「白状したな。嘘つきめ」

男の子がふたり、雪の中を肩を寄せ合って歩いている。

「そうじゃないよ」

「だったら、なんだよ」

「はじめは嘘をつくつもりなんてなかったんだよ」色白の男の子がいった。「けど、嘘をついちゃったんだ」

「ほら、やっぱり嘘つきだ」

「だから、そうじゃないよ」

「どうしてえ」ともうひとりの男の子が訊ねた。こちらの男の子は浅黒い顔をしている。

「嘘つきのつく嘘は、はじめから嘘をつくつもりでつく嘘だろ」

「そんなの嘘だあ」

「嘘じゃないよ」

「嘘をついたら嘘つきだ」

「嘘をつくつもりがなくってもか？」

「つもりがなくったって、ついたら嘘つきだ」

「だったら」と前置きしてから、色白の男の子が叫んだ。「嘘つきはどろぼうのはじまりだあ」

叫びながら、色白の男の子は、隣りを歩く男の子のかぶっている帽子を盗って走った。帽子を盗られた浅黒い顔をした男の子が、「返せよ」と追いかける。艶のある黒い頭髪が降りかかる雪でたちまち白くなった。

雪空が男の子たちの歓声を吸い込むと、四辺《あたり》は一転、静まりかえった。ふたりの姿は、吹き暮れる雪のなかに掻き消されてもう見えない。

雪空は、そろりそろりと闇を曳き寄せにかかっている。闇の中で、雪はいやましに白くなる。そうして、その白さはやっぱりさまざまだ。ひとつきりではけっしてない。

雪空が闇を蔽《おお》い、雪が闇を埋め、闇が静けさに白く染まってゆく……。

月の顔

真白な峰の向こうをまん丸い月がしゅうしゅうと音を立てながら上ってゆく。昨晩のよりも大きい。ひと晩ごとに、大きく育つように思われる。そして、今日も実にいい顔をしている。やはり、太陽よりも月がいい。なぜといって、月はこうして眺めていられる。太陽はまぶしくっていけない。眺めようにも、ああ明るくては、顔があってもないのと同じだ。その点、月はたしかなものだ。気の済むまで拝顔の栄に浴していられる。そうして、観るほどに安んじる。

「ようやく出たねえ」

「ええ。ようやく出ましたねえ」

「冬の月はまた、格別きれいだね」

「格別ですねえ」

「少しばかり赤いかね」

「ええ。少しばかり赤いようです」

月はますます照って、山裾の林が明るんできた。かぶった雪がそこだけ融けたものとみえて、鋭く尖った杉の頭が真黒になって並んでいる。その並びようがいかにも行儀がいい。

「それにしても今晩は冷えるねえ」

「ええ。冷えますねえ」

「もうちょっとここで観ていたい気もするが、寒いねえ」

「寒いです」

「入るとするか」

「入りましょう」

ふたりは家に入った。

家の中では薪ストーブを燃しているからうんと暖かい。オレンジ色の炎がゆらゆらするのを眺めながら、ふたりは酒を飲みはじめた。そうして、しこたま飲み、酒の功徳で体が温まってき、頭もゆらゆらしだすと、もういちど月見をしようと表へ出た。

「さてさて、お月さんはどこだい？」

「あれええ、見当たりませんね」

一生懸命に探したが、月はどうしたって見つからない。

「雲が出ているわけでなし……」

「おかしいなあ」

ふたりは、酔いのまわった目をして首を傾げ、お互いの顔を見やった。そうして、相手の顔を篤《とく》と眺めながら、やけに赤くてまあるい面《つら》をしてやがる、と互いを怪しんだ。

冥い夜

冬の日は山里なればこそ、暮れるに早く、山のあちらがわでは、まだ太陽が没しきっていないのでしょう、空は藍の色が薄く白《しら》ばんでいますが、こちらがわから見る山山は、もうすっかり冥《くら》いのです。

わたしはひとり、聚落《しゅうらく》を見下ろすことのできる庭先のちいさな丘の上に立って、なんというでもなく、ただ夕ぐれの景色を眺めていたのです。

畑は湿った雪をかぶったまま、いちめんに白く、たまたま刈られずに残った雑草の穂先が、ところどころ雪の中からその枯れ色をのぞかせているばかりでした。夜に向かう時刻でしたから、人の姿も見あたりません。うそ寒い寂しい光景といえばそれまでですが、わたしにとっては安らぐことのできるたいせつな眺めでした。わたしにとって、寂しさとは、幼なじみのような慕わしいものです。わたしは、子どもの頃からずっと寂しかったような気がします。わたしが女として、ことさら厳しい不幸に見舞われたとも、考えはいたしませんが、ただ、いつだって寂しかった、そのことは、ほんとうのように思えます。わたしばかりでなく、そもそもいつだって、人間は寂しい生きものなのかもしれません。

暮れなずんでいた山里の光景も、ようやく帷《とばり》が下りるかのように冥い夜を迎えようとしていたそのときでした。

そろそろ家へ入ろうかと思ったわたしの目の前に、ふしぎな光りが立ったのです。光りが立つというのはいかにもへんな話ですが、じっさい、そうなのです。丘から見下ろした畑の土の中から、太い光りの柱が、冥い空に向かって突然立ち上がったのです。それは、光り以外のなにものでもない明るさで、神神《こうごう》しいばかりに耀き、音もなく現れたのです。わたしは、その美しさに、思わず見とれていました。

そのうち、こちらが気づかないくらいゆっくりと、光りは薄らいでゆきました。わたしは、消えないで、と心で念じました。ですが、光りの柱は徐徐に細くなり、最期はあえかな光りの線だけになって、そうして、それすらもついにはすっかり消えてしまったのです。残念に思いました。けれども、わたしはすぐに気を取り直しました。なぜなら、わたしには見えていたのです。光りが消えてしまったそのあとも、わたしには、光りの残像がはっきりと見えていたのです。いえ、実をいうと、それは今でも見えているのです。このちいさな丘から見下ろせば、いつだってあのとき見た光りの柱が、わたしの中に蘇ってくるのです。ですから、わたしは、こうして毎日、この丘の上に立ち、あのときの光景を見下ろしているのです。

思えば、わたしの人生には多くの人との別れがありました。主人との別れもそのひとつです。主人が亡くなった日に見たあの光りの柱は、今もわたしを支えてくれています。

雪

雪が降っている。

俳人は、降る雪があまりに美しいので、どうかしてそれを十七文字にしたためてみたいと考えた。だが、果たして言葉でどう描写《スケッチ》すればよいのか、そいつが分からない。

雪が降っている。

そう描《か》いた途端、雪はただちに降るのをやめ、その風雅を捨てて地へ堕ちる。では、降っている、が月並みならば、舞っている、はどうだ。やはり少しちがう。それほど軽くはない。況《いわ》んや、吹雪いているのではさらさらない。そればかりか、雪は白くない。白いというだけでは足りない。光りを吸って耀いている雪片にいたっては、白よりもはるかに明るい色だが、その色合いだけで雪を描《えが》くことなどとうていできない。むろん、そうはいっても雪は降っている。では、いかにすれば、美しく降るこの雪を、言葉で摑まえることができるのか……。

言葉は意味を伴う。それが嫌だと俳人は思った。どんな言葉にも意味がある。意味のない言葉でさえ、意味がないという意味を匂わせる。そうした律儀なまでの言葉の性分が、いかにも厭《いと》わしい。そこで、いっそのこと、言葉そのものが降っているとすればどうだろうと俳人は考えた。雪が降っているのではない。雪が舞っているのでもない。言葉が降り、舞っているのだと……。

清らに冷えた宙空《そら》の下、音もなく降るあまねく言葉。もはや、その夥しい数の意味になど構ってはいられない。言葉のほうでも、そのいちいちの意味に感《かま》ける暇《い》はない。とすれば、降る雪の、舞う雪のありようとして、言葉はその意味を結晶させもしよう。凍てる言葉はもはや雪そのものとなり、雪のほうでも言葉そのものとなる。そのとき、雪は意味を失った言葉として、ただただ降っているばかりだ。意味を失った言葉の、なんとゆかしいことか。

雪が降っている。

その光景を言葉にした刹那、雪は降るのをやめてしまって、そこには言葉が降っているにすぎない。そうして、舞い散る言葉は、意味を奪われて、もはや用を成さない。有用なものはひとしく醜いが、無用なものはすべて美しい……。

——用もなく舞ひたる雪の白さかな

一句を捻りだした俳人は、雪のみならず、じぶんじしんさえ舞っているのに気づくと、雪をはじめて見る幼子のように、くわっと目を見開いた。そうして、それをほんとうの意味において、美しい、とようやく眺めることができた。

貧乏籤

珍しく霜の降りなかった暖かい冬のある朝、源爺が宝籤《たからくじ》を買いに行くというのでお供した。売り場のある駅前まではずいぶん遠いので、軽トラにふたりで乗って、じぶんが源爺のその車を運転することとなった。

「意外だなあ。籤なんか買うんですね」

「なにい、わしは毎年、暮れになると買うとるだわい」

「毎年ですか――」

「籤はいいもんだ」

「そんなものかなあ。買ったことないから分かんないな」

「そうかい。なら、今日これから買えばええ」

「けど、買ったって当たらないでしょう」

「そうさなあ」源爺が嬉しそうな顔をしていった。「まず当たる心配はねえなあ」

「それなら、まあ」前を見て運転しながら、じぶんがつぶやいた。「止《よ》しておくかな」

「どうして？」

「どうしてって、どうせ当たらないんだから……」

「なにさあ」源爺が大きな声をだした。「当たってはたいへんだわ。当たらないからいいんでないかね」

じぶんはそれを聞いて戸惑った。

「当たらないほうがいいんですか」

「そりゃそうさ。当たれば大金が入《へえ》ってくる。金持ちになる。そうなれば、心配事が増える。厄介だわ」

「金持ちになるのが厄介ですかねえ」

「ああ、厄介だ。金を持てば、金が惜しゅうなる。惜しゅうなれば、減らねえように気を配らんといけん。それどころか、まだ足りん、まだ足りんと、どこまでいっても限《き》りが無《の》うなる。そうなれば、にんげん惨めなもんだわね」

「じゃあ」とじぶんが問うた。「最初《はじめ》からはずれるのを期待して籤を買うってわけですか」

「そうでないさ。当たれば厄介だが、厄介事もたまには引き受けんならん。そじゃけど、金を抱えて、さもしい生き方はしとうないで、なるべくなら、はずれるほうがええ」

それで、じぶんも源爺に倣《なら》って、はじめて籤を買ってみた。万一、貧乏籤《びんぼうくじ》をひいて厄介事に巻き込まれそうになったら、そのときは、甘んじて受け入れるつもりだ。覚悟はできている。ともあれ、この宝籤くらい、当たる確立の高い籤はないであろうと思う。

旧交

しんしんと雪の降るこの幾日かに、積もりに積もったのが均《なら》しているので、下へ降りようにもどこもかしこものっぺりとして地形の名残りとてなく、足の踏みどころが見つからない。

この櫟《とが》の木の根元に階段があったはずだがと眺めてはみるものの、表面に結晶耀く無垢な雪面の、いったいどこにそれがあるのだか判らない。階段といっても、ここにあるはずのものは櫟の根が階を畳んだそれで、細いのや太いのが蛇がうねるように彼方此方《あちこち》を這い回り、その搦《から》んだ根と根の間に木の皮や落ち葉が詰まってできた天然の階段だ。夏場はこいつを悠悠と下りてたびたび清水を汲みにきたものだ。とはいえ、これほど雪が積もっては仕方がない。

それでも、ここですごすごと退散するわけにもいかず、意を決して雪の斜面に片足を踏み込んだ。頼りのないのを足の裏で探りしながら慎重に体重を載せてゆき、なんとか底に届いた。膝まで沈んだ片足に体を預け、もういっぽうの足を前へと向かわせる。そうして、恐る恐る雪の斜面に突き刺した。無闇に力を入れずとも、足はそれじしんの重さであっけないほどたやすく雪面に新たな穴をあけた。だが、雪底がいまひとつ平らでないから、体の均衡が保ち難い。ややもすると倒れそうになる。谷側へ倒れ込めば、崖下へと滑り落ちるのは分かっているから、強いて山側へと体を傾けながら歩を進める。

階段のあるらしき斜面を半ばまで降りたところで、深みにはまった。このままずぶずぶと腰までもぐってしまってはいよいよ身動きがとれないから、体をねじってみた。だが、そうやってもがけばもがくほど、深みに沈んでゆく。ともに、斜面の雪が分厚い板のごとくに雪崩《なだ》れて体を押しやってくる。いっそのこと、雪崩れにまかせて下まで滑り下りようかと前傾したものの、腰から下の自由が利かないから思うにまかせない。儘《まま》よと、抗うのをいったん止《よ》した。

冷たい雪の中に腰まで浸かり、湯気の立つ汗を額から流しながら、胸ポケットの莨《たばこ》をとりだして一服した。冷たく澄んだ空気の中で喫《の》む莨は実にうまい。

崖下では滝の音がしている。

その滝のそばで、清らな水がこんこんと湧き出しているはずだ。

ここの湧水で割ったバーボン・ウヰスキーは格別の味がする。今日は遠方から懐かしい友が来るので、なんとしてもこの清水を手に入れたい。そうして、美味《うま》い酒を酌みかわし、旧交を温めたい。温めたいから、じぶんは水を汲みに来た。なのにこのざまだ。寒くなってきた。腰のあたりが寒さで痺れるような気がする。そろそろどうにかせねばならぬ。清水はどんな寒さにあっても凍ることはないというが、じぶんがこのままここで凍りついてしまっては、今晩の美味い酒はとうてい飲めそうにない。さて、どうしたものか……。

思案しながら、もう一服、莨に火をつけた。

雪月夜

庄三は、若い時分から炭を焼いていた。家人は皆、こんな日くらい炭焼きは止《よ》してと頼んだが、庄三は聞かず、いつものように家を出て、山へと向かった。

窯場に着くと、庄三は、二日前に火入れして閉じておいた石窯の、小さな空気穴から中を覗き込んだ。そうして、窯が順調に進んでいることを確認すると、積んでおいた石の壁を少しずつ崩して穴を広げ、窯のうしろに廻って煙道の口を開いた。すると、窯の中で真赤な炭にまとわりついていた青い焔《ほのお》は、燃えさかって徐徐に赤味を帯び、終《しま》いには、煙道から勢いよく火柱を噴き上げておいて、橙黄色に耀《かがよ》い、揺蕩《たゆと》うた。庄三は、焔の色や烟《けむ》の匂いの変化で頃合いを計りながら窯に空気を送り込むと、硬く焼き締めるべく炭を練らしていった。そうして、じゅうぶんな時間をかけて精錬《せいれん》を終えると、こんどは、真赤に焼けた炭を窯の中から少しずつ引きだしにかかった。

先が鉤《かぎ》になった鉄の長い棒を操って庄三が炭を引くと、ちろちろ焔を吐きながら、炭はからんからんと音を立てて地べたを転がった。窯の放つ熱にあてられた庄三の全身から汗が噴きだす。庄三は、疲労が嵩《かさ》むのにも構わず、休むことなく窯の前に立って、真赤な炭を引きつづけた。

この日の庄三の仕事ぶりは、いつになく激しかった。庄三は、わざと己《おの》れの体を痛めつけるようにしてはたらいた。そうして、体を苛《いじ》め貫《ぬ》くことで、心に取り憑く悲しみを押さえ込もうとしていた。それでも、はたらく庄三の目からは、ときおり泪《なみだ》がぽろぽろとこぼれ、泪は、落ちるそばから熱い地べたへと吸い込まれた。喪失感の底知れなさに畏《おそ》れを抱いた庄三は、思うにまかせない己れの心にいらだって、足元の土《べと》を荒荒しく摑むと、そいつを窯に向かい思いきり擲《な》げつけた。土は窯の中で火の粒と変じ、窯は焔を吐いて猛《たけ》り狂った。煙道に赤い火柱が立つ。火柱は、見る間に高く噴き上がって空の底を炙《あぶ》り、焦げて穴のあいた空からは、水が漏れ、滴った。水はたちまち冷えて雪となり、雪は真綿となって山をおおった。

夕刻、庄三は山を下りた。

通夜の準備に忙しそうな家人は、帰ってきた庄三に、皆、冷たい視線を送った。だが、庄三は、ひとりさっぱりとした心持だった。風呂で体の汚れをすっかり落とし、喪服に袖をとおすと、庄三は、妻の祭壇の前へとかしこまり、手を合わせた。

鈴《りん》の澄んだ音が、冴えわたる夜の底へと閑《しず》かに沈んでいった。

窓外の景色は、いちめんに白い。

田の向こうに見える山の上には、円《まど》かな月が出ている。

そうして、月は、昨日と寸分違《たが》わぬ処から聚落《むら》の雪景色を照らして、今日もほの白く明るんでいる。

初空

小雪がちらつきはじめた。搦《から》んだ糸をほぐそうにも、どうしたってほぐれない。なぜこうなってしまったのか、今となってはそれもよく分からない。

わたしは、子どもの頃、父のことが大好きだった。渓流釣りや山歩き、スキーなど、さまざまな遊びを教わった。父とぶつかることが多くなったのは、高校に通いだしてからだ。卒業後の進路をめぐって対立してからは、あまり口を利かなくなった。家を出て、都会で働き、結婚した。長男が生まれてからも、実家にはなかなか足が向かなかった。それでも、正月だけはこうして家族を連れて故郷の家に帰ってくる。だが、父と面と向かうと、まだどこかぎくしゃくしてしまう。素直になれない。搦んだ糸はほぐれていない。

「こうなったらもう駄目だよ」

「……」

わたしの言葉に、息子は黙ってうなだれた。

息子は五歳になった。息子はわたしのことを、「とうちゃん」と呼ぶ。わたしは、息子のおかげで、近頃、親の気持ちというのが少しずつ分かってきたような気がする。

「どれえ、寄こしてみ」

背後の声に驚いて振り返った。いつのまにやらそこに父が立っていた。父は、胸ポケットから黒縁の眼鏡をとりだした。わたしは、息子の凧《たこ》を父に託した。わたしは、父が老眼鏡を使うようになったのを知らなかった。父は、かじかむ手で、息子の凧の搦んで固く結ぼれた糸をわたしに代わってほぐしにかかった。息子が、その手元を心配そうに見つめている。

「待ってろよお。今直してやっからな」

糸をほぐしながら父がいった。

「うん」と息子が顔を上げて元気よく返事した。そうして、糸をほぐすその手の動きを、なおも真剣な面持《おもも》ちで見守った。父は、搦んだ糸に顔を落として、いっしんに指先を動かしている。わたしは、息の詰まる思いでその父の顔を見ていた。

「ほれ、これでいいだ」

父が晴れやかな声をだした。

「ありがとう、じいちゃん！」

息子の凧が、小雪の舞う初空に高く上がった。

「ありがとう、とうちゃん……」

わたしは、久しぶりに父のことを「とうちゃん」と呼んだ。

こんどは、わたしが糸をほぐしにかかる番だ。

黙雷

渓《たに》に光りが灌《そそ》いでいる。光りは、雪の深い白渓を斜めに削いで沢を煌《きら》めかせ、沢の流れは、突きでた岩にぶつかるたび飛沫《しぶき》を散らし、散った水の粒は、たちまち凍って岩の肌に氷塊をかたちづくっている。その岩に貼りついた氷が、玲瓏《れいろう》にどこまでも透きとおって透鏡《レンズ》を成し、屈折させた光りの線を沢へと送っている。流れの水は、冷えた渓の空気よりも温かく、沢は流れながら湯気を立てている。その沢を見下ろしながら、男ふたりが吊橋を渡っている。

「どうです、まだ着きませんか？」

「まだのようだ」

「早く着いてくれないことには、そろそろ体力が保《も》たないです」

「それはそうだ」

「どうです」うしろを歩く男が訊いた。「その先に見えてきませんか？」

「ああ」吊橋を先に立って歩《すす》む男が答えた。「そろそろ見えてきてもよさそうなもんだがな」

男たちは、吊橋を渡ると、山を捲《ま》いて登る道を歩きつづけた。すると、急峻な崖の上を過ぎたところで、突如として、目の前の光景がひらけた。

「あれですか」

うしろの男が叫んだ。

「あれだ」前を歩く男がつぶやいた。「ようやく着いた」

ふたりの男の前に、大きな滝が姿を現した。

氷結したそれは、ぬけるように澄み渡った空の色を映し込み、青の彫刻とでもいうような造形を見せている。男はさっそく背にしていたリュックからカメラを取りだすと、滝に近づいて撮影をはじめた。もうひとりは、仕事を助けるべく機材を準備し、男に従《つ》いて指示を待った。

凍った滝は、男が眺める角度を変えるたび、まったくちがった表情を見せた。滝の氷は深い青に染まったかと思うと、たちまちその色彩を変化させ、鋼《はがね》の色に沈んだりした。陽の光りがそのような悪戯《いたずら》をするのかと男は考えたが、どうした加減で彩りを変えるのか、結局のところ、よくは分からなかった。そうして、分からないがゆえに、いよいよその神秘はました。

男はなんとしても滝を摑まえようと、懸命に撮影をした。だが、凍った滝は、男がその美を捉えようとすればするほど、足早に逃げた。男は、逃げる滝にどうにか追いつこうと頑張ったが、滝はいっこうにその本然《ほんねん》の姿を見せてはくれなかった。

男はついにあきらめて、カメラを置いた。

男の眼前では、完全に凍りついた滝が、なおも走りつづけていた。そうして、雷のごとく黙したまま、地響きを立てて水を落としていた。

狂い花

東北に嫁いだ娘が難を避《よ》けに一時もどって来たので、今日は孫と散歩にでた。明るく澄んだ気のなかで、川は光りを弾いて流れ、土手下の根雪が陽を吸ってまぶしく映る。

「じいちゃん、お花」と孫が土手の桜を指さした。見ると、濡れて光る氷をまとった枝の先に花がひとつ咲いている。

「変だなあ」

「なにが？」

「桜は春に咲く花だもの」

「けど、ひとつだけ咲いてるよ」孫がいった。「どうして？」

「きっとまちがえたんだ」

「だれが？」

「誰って…………神様さ」

苦しまぎれに答えた。すると、

「かみさまもまちがえるの？」と孫がすぐさま問うてきた。

「ときにはな」

「ふうん」

孫が不服そうな表情を見せた。そうして、少し考えるふうをしてから、「じゃあ、ごめんねだね」と物知り顔をした。

「……」

「まちがえたんなら、ごめんねしなくちゃいけないんだよ」

これには困った。神様に頭を下げさせるわけにもいかない。仕方がないので、不肖の身ながら、神様に代って頭《こうべ》を垂れた。

「これでいいか」

「いいよ」

赦《ゆる》しを得て、ふと考えた。孫が成長してこの世の中を眺めたとき、果たして孫は赦してくれるだろうかと。この国を汚した大人のひとりとして、じぶんはその際、心から孫に詫びることができるだろうかと……。

空に足の疾《はや》い雲が流れ込んで、にわかに陽が翳《かげ》った。光りが澱《おり》となって川原の底に沈み、失《う》せてゆく。冷たい風が急に土手を吹き曝《さら》して、孫の被っていた帽子をさらった。

風上に立って孫を抱く。腕の中で孫が、あったかい、とつぶやいた。

今、風上に立ってやれるのはじぶんしかいない。

白い谷

白樺林の雪の積もった林床を光りが白く照らして目にまぶしい。

光りは、朝まだきに暗い東の嶺の頂きから、白く凍ったこの谷を斜交《はすか》いに閃《ひらめ》かし、谷底の渓流の水面《みなも》を温《あたた》める。すると、流れの水はいっせいに湯気のような霧を吐き出しはじめ、光りは、渓を領するその霧をまぼろしのように映しだす。そうして、流れに沿った広葉林の裸木の、か細い枝の先までもびっしりとまとう樹氷を照らして、光りは、その装いを純白の極みへと高める。

それら樹氷の鮮烈な白は、光りを吸っているのではなく、強く乱反射しているがため白く耀いている。白色の波長となって谷を乱れ飛ぶ光りの粒は、漂う水の粒に捉《とら》えられ、霧はいっそう白くなって立ち昇る。画工《えかき》は、光りが描景するこの谷の美しさを絵にしようと決めて、早朝、谷を見下ろすことのできる崖上に画架を立てた。

眼前には申し分のない材がたしかにある。画工もそれは承知している。なのに、どうしたって描くことができない。なぜ描けないのかは、画工じしんにも分からない。ただ、筆を持って描《えが》こうとすればするほど、描《か》き上げるはずのまだ見ぬ絵は、画工の手元からするりと逃げだし、遥か遠ざかってしまう。そうして、頭を抱えるばかりの画工をよそに、霧は刻刻と儚くなって、陽が高く昇るのを待たずして消え入る。そんな日を幾日も暮らしてのち、画工はついに谷を訪れるのをやめてしまった。

画工が通って来なくなってからも、光りの描きだす谷の光景は、あいかわらず美しかった。

画工はあれから家に籠もったきり、おもてには出てこない。ただ、画工の家の煙突は、毎日朝早くから夜遅くまで煙りを吐きつづけ、それは、ひと冬の間ずっと変わらなかった。


水が微温《ぬる》みはじめた時分のある朝のこと、画工はようやく家の戸口から姿を現した。そうして、春の訪れを匂わせる朝の空気を肺いっぱいに吸い込むと、ふたたび家の中へともどった。

画工は、部屋に入ると、居間に立ててあるカンバスに向かって仁王立ちした。それからしばらくの間、目を見開いてカンバスを睨みつけたなり、呼吸《いき》を止めてじっとしていたが、部屋の空気を一気に吸うかのごとく深呼吸すると、カンバスに近づいて、その片隅にサインを書き入れた。

カンバスには、光りを映す川霧と樹氷まぶしいあの白い谷の光景が描《えが》かれていた。

絵が完成した翌日、画工は早起きして久しぶりに谷を訪れた。

樹氷はすでに融け、霧はもう立ち罩《こ》めてはいなかった。だが、一年経てば、谷がまた白くなるのを画工は知っている。そのときこそ、こんどは谷のほうから絵に近づいて、美しく耀くにちがいない。

画工はそれを待ち遠しく思いながら、ひとり谷を眺めた。

氷柱

軒下に氷柱《つらら》が下がっている。

少年が物欲しそうに見上げていると、父親がやってきて少年を抱きかかえ、折らせてやった。

澄んだ冬の蒼い宙空《そら》に透かし見た氷柱は、濡れた光りを肌にまとって、どこまでも透きとおり、それは、子どもの目にもじゅうぶんに美しかった。

父親は、この軒下に毎年下がる立派な氷柱をいつも自慢していた。これほど見事な氷柱はそう出来はしないといっては、ときおり眺め入っていた。少年も、その美しい氷の造形に見惚《みほ》れ、いつだってそれを欲しがった。

やがて、少年は大人になった。

そして、父親は老父となった。

大人になった少年は、抱きかかえてもらわなくとも、もうじぶんで氷柱を折ることはできたが、以前のようにそれに魅せられることはなくなった。

老父は、氷柱を愛さなくなった息子を寂びしんだ。


軒下に氷柱が下がっている。

久しぶりに戻った実家で、わたしは氷柱を眺めた。氷柱は、昔となんら変わるところなく、どこまでも透きとおって美しかった。

わたしは、何十年もの間、この氷柱のことはすっかり忘れ、じぶんなりに懸命に働いて、金を稼ぎ、家族を養ってきた。そして、働き過ぎが祟ったのか、近ごろ病いを得て、現在は定年を前に休職中の身だ。父は、最期までそうしたわたしの健康を心配してくれていた。


軒下に氷柱が下がっている。

葬儀の朝、あたりの空気は冴え冴えと澄みわたり、空は、さ青にして雲ひとつない。

わたしは、準備に慌しい母屋からひとり戸口を出て、軒下に下がる氷柱の前へと立った。氷柱は、今日も光りを透かして耀いている。わたしは、あたりにひとけのないのを見てとると、氷柱を折り取って口にあて、そっと舐めてみた。

凛とした、懐かしい味がする。

わたしは、思った。

はたして、この氷柱一本の美しさに釣り合うなにがしかが、これまでのわたしの人生にあっただろうかと……。

いたずらに馬齢をかさねたわたしに、氷柱は下がっているだろうかと……。

猪鍋

ああしたには彼なりの機転もあって、よくせきのことだったにちがいない。

昨晩舞った雪が、田畑や山をひとつづきに白く化粧して朝の陽をまぶしく吸っているなかに、埃っぽい犬を引き連れながら、背を丸めた金太が山道を歩いている。朝の散歩らしい。呼び止めると振り返り、手を上げて寄こした。

「昨日はいろいろとたいへんだったなあ」と声をかけると、

「なにい」金太が笑顔でいった。「自然のお恵みをたまたま頂戴したというだけのことだわ」

そう聞いて、かんしんした。

冗談なのか本気なのか察しはつかないけれども、たしかにあれは自然の恵みであったにはちがいない。

「で、ちっとも怪我はなかったのか」

「あれしきのことで怪我するほど軟《や》わでねえよ」

たしかに彼は軟わではない。大人の体重ほどもあろうかという大きな山猪《やまいのしし》を棒きれ一本で仕留めることができるのは彼くらいなものだ。

今日のように山道で犬の散歩をしていて鉢合わせたのだという。犬がいたんじゃ猪も驚いたろう。吼える犬に向かって猪突猛進してくるのを、すかさずそこいらの棒きれを拾って打《ぶ》ち殺したというのだから、よくよくのことと はいえ、凄いものだ。ひっくり返った猪は、その後、近所の男衆《おとこしよ》で持ち帰ってすぐに血抜きをし、解体のあと、猪鍋《ししなべ》にした。

「昨日の肉は実にうまかったね」

「そりゃ新鮮じゃもん。うまいにきまっとる」

「そのうちまた一頭頼むよ」

「そう都合よく出会《でく》わすもんでもねえわ」

そういって笑う金太であったが、さっきから、その顔がどうもいつもの顔とどこかちがう気がする。よく見れば、無精髭の中に開いた口の、前歯が一本無くなっている。

「それはそうと、その歯はどうした？」

訊ねると、

「ああ、こいつかあ」

いいながら、白い歯の並びの、そこだけ失われて暗い一部分を指さして、

「昨日、鍋の白菜を食ってるときに、根元からぽきんと折れてしもうたんだ」

と真顔で説明した。

たしかに軟わでない金太ではあるが、歯はかなり軟わいものとみえる。

涯てのない寒さに感応して絶えず顫《ふる》え、麻痺した時間の只中でその顫えがよりまさってゆくような感覚——張りつめて凍りついたかのごとき孤独。ぴきんと音を立て、今にも輝《ひび》がいくような気さえする。輝は、新たな輝を生みながら体中を駈《か》け巡り、仕舞いにはこなごなに砕け散ってじぶんじしんが無くなってしまう。そんな際疾《きわど》い焦燥感が襲ってくる。そうして、それはいつだって突然にやってくる。そのことが分かっているものだから、彼女はつねに誰かしらを欲している。だが、その誰かしらがいつもうまい具合に見つかるというものでもないから、いずれつまらぬ男にひっかかりもする。としたところで、それだって彼女は承知のうえだ。とにもかくにも肌を温《ぬく》めることのできる相手、彼女にはそれがまずもって重要なのだから……。

彼女の乳色をした肌は、熱《ほて》るにつれて肉の底から薄紅色した血色が浮かんでくる。その色は均質な熱を帯びているから、その熱によって彼女の孤独はゆっくりと融かされてゆく。だが、悦びを知るのは彼女でしかない。そもそも、そうした悦びは、あの恐ろしく深い孤独を体に養う彼女にしか知れぬことだ。だからこそ、それが分からぬ男に不満の火が燻ぶるのももっともで、いったんそうとなれば、遅かれ早かれ彼女はまた新しいどこぞの男を探さねばならなくなる。

——それで別れてくれってのか。

――はい。

――金をくれるんなら、別れてやってもいい。

――なら、あたしお金は持ってないから、かわりにこれをあげるわ。

――なんだ、こりゃ。

――指輪よ。白銀《しろがね》なの。

――こんなもの、金になるのか。

――うんとなるわよ。あなたの時計と比べてもいいわ。

――ほんとだな。

――ええ。綺麗でしょ。

――よく分からん。

――一夜《ひとよ》一夜《ひとよ》に人見頃《ひとみごろ》……。

――なんだって？

――なんでもないわ。

その二日後、彼女は姿を消した。

夜更けに国道2号線をひとりで歩いていたのを見たという者もあったが、以後の消息を知るものは誰もいない。

命

命が山を下っている。

それはざわめかず、主張せず、要求しない、静かな命だ。

急峻な山に積もり上がった雪が、角ばった岩をも円《まろ》やかに包みこんで白く光っている。命は、その山の中腹にあって、至極ゆったりとした動きで雪床へ四肢を交互に突き刺しては、粛然と歩みしている。その優美なさまは、命そのものの静謐を証《あか》しているかに見える。

命はこうも剝きだしと成り得るものか、とじぶんは考えた。あの命は、カモシカだから命なのではない。命が毛足の長い皮をまとい、短い角を生《は》やしているにすぎないのだと……。

カモシカの太い首を覆う純白の毛は、凛とした命の荘厳を思わせ、真黒に濡れたふたつの眸《ひとみ》の成す眼差《まなざ》しは、命の本来あらんとする、ありのままの姿を示してくれているかのようだ。じぶんは、カモシカの命の無垢で丸裸な立派さにうたれ、雪深い山の斜面をゆっくりと下っていくその姿から目を離せないでいた。

そのときだった。

突然、視界の中を雪煙りが立った。

じぶんは驚いて双眼鏡から目を離すや、遠くの山を見やった。

芥子粒《けしつぶ》ほどのカモシカが、雪に呑まれ、すぐさま山肌へと吸い込まれた。雪崩《なだ》れは、低く唸りつつ斜面の雪を押し流し、東西に拡がりながら麓へ向かって膨れあがった。そうして、もくもくと湧きだした雲のごとく、谷全体に白く立ち昇って、何事も無かったかのように静まった。

それはまさに一瞬の出来事であるにちがいなかった。だが、その刹那、時はあたかもそこだけゆっくりと流れるようであった。のろまに刻まれた時が、雪崩れる雪の速度を鈍らせ、わざわざじぶんにそれを目撃させたようにさえ思えた。理にかなっていようがいまいが、じぶんにはたしかにそうかんじられた。

カモシカを屠《ほふ》ってなお、山は閑《しず》かだった。

雪崩れの跡は、前にもまして山肌を浄《きよ》らに白く光らせていた。

じぶんは、ふたたび双眼鏡を覗いてカモシカの姿を探した。だが、あれほど立派であったカモシカの命の、その痕跡さえ見つけることはできなかった。

首からそっと双眼鏡をはずすと、じぶんは、夢の中にあって、それでいて夢を見ているのだと悟っているかのような醒めた目で遠くの山を眺めやった。そうして、やっぱり命がひとつ、そこにでんと据わっているのに今さらながら気づかされ、敬《うやま》いとも畏《おそ》れともつかぬ心地を得て、思わず手を叩き、拝礼した。

命がなだらかな稜線を曳いて今そこに耀いている。

わた雪

今日も朝から山仕事だった。融け残った雪の白く光る山間《やまあい》にチェーンソーの音が響きわたり、木が唸りを上げて倒れる。

こうして手入れをすることで、山は荒廃をまぬがれ、再生する。木を伐ることで、混んでいた樹林にまんべんなく光りがそそぎ、風通しが良くなる。そうなれば、木は根を広げて成長し、地をしっかりと摑んで山を強くする。反対に、葉が密に茂って山肌に光りが届かなければ、下草は萌えず、山の土は雨に流され、木も育たない。斜面は崩れ、山は水を蓄えることができなくなる。水はなんといっても生命の源だ。綺麗な水をもたらしてくれる山は、いっぽうで、いざ大雨が降れば、天然のダムとなって沢の下流に大水が出るのを防いでもくれる。だから山の保全は重要だ。少少体はきつくとも、やりがいのある仕事だと思う。

弁当をいつものように平らげて午後の仕事にとりかかる。やはり、携帯電話は電波が届かないままだ。今日のうちにすすめておけば、ここの間伐作業にもある程度目処《めど》が立つ。明日の予報は大雪だし、なおさらのこと、今日はどうしたって仕事をこなしておく必要がある。だから、じぶんひとりだけ山を早く下りるというわけにはいかない。

作業中、ふと足元を見ると、繭《まゆ》がひとつ転がっていた。天蚕《てんさん》と呼ばれる野生の蚕《かいこ》の繭だ。そう

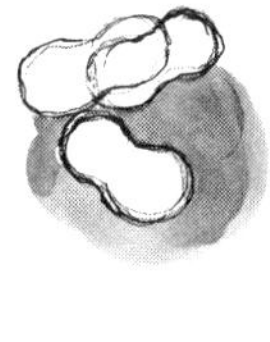

いえば、先年亡くなった祖母がいっていた。昔はどこの家でも蚕を育て、その繭から作った真綿でくるんで赤ん坊を育てたのだと……。

　予定していた仕事の量をどうにか終え、夕刻、仲間と車に乗り合わせて下山した。麓まで下りたところで、ようやく携帯電話がつながった。

「もしもし」

「生まれたよ」

「いつ？」

「お昼過ぎ、男の子」

　小声で話し、電話を切った。

　仲間があまりしつこく問うので打ち明けると、皆、歓声を上げ、じぶんのことのように喜んでくれた。遠慮したものの、どうやら車はこのまま病院へと向かってくれるらしい。

　窓の外では、薄暗いなかを、いつのまにやら雪が舞っていた。ふわふわしたこの真綿のような雪にくるまれて、あの山もきっと新しい命を育《はぐく》むにちがいない。

　山仕事の道具に占領された後部座席の片隅に深く腰を埋めたまま、ポケットの中の繭にそっと手をあてた。

　祖母を想う……。

決心

雪曇りの空が、彼方の山骨《さんこつ》に重くのしかかっている。歩いているからさほど寒くはないが、ときおり吹き過ぎる風が顔に冷たい。雪の薄く散り敷かれた山道は、歩みするそばから足跡が土色となって残る。道脇には疎林が見える。木は、太い枝元には雪をのせているが、密に混んだ細かな先は裸のまま、寒寒と黒い翳《かげ》をとどめているばかりだ。

男は、山道を歩きながら祖父を想っていた。男がまだ子どもであった時分、男の祖父は死んだ。祖父は、臨終の床で、「死にとうない」とつぶやいた、男は、その顔をまざまざと見るような心地で祖父を想い、おれもやはり「死にとうない」のではないかしらと考えた。

男は苦境に陥っていた。金につまったのが事の起こりであった。男は金を稼ぐ術《すべ》に長《た》けていた。それで一時《いっとき》は財も成した。当初は、あまりに順風な成り行きに怯《おび》えもした男であったが、それもすぐに忘れられた。金を敬うことはたやすいが、軽蔑することは難しい。そうして、男の栄《はえ》は長続きせず終わった。山と積まれた負債を前に、男はこんどこそほんとうに怯えた。だが、遅かった。男はどうかして助かろうともがいたが、ついに摑まるべき杭を得ることはできなかった。

万策尽きて、男は、ようやく我に返った心地がした。そうして、以前山歩きが好きだったことを思いだした。古い山靴をひっぱりだして、ひとり山へ向かった。

男は休まず歩いた。どれくらいの時間、どれほどの道のりを歩いたか、もう分からなかった。というより、山道のつづく限り歩き徹《とお》すつもりでここへ来たのだから、男はこれまでの歩みを振り返る必要を感じなかった。どこまでも歩きつづけて行き着いた先——体がいうことをきかなくなってそれ以上進めなくなった地点を、男は、じぶんの死に場所と定める覚悟だった。

道は、崖の上を這うがごとくに付いていた。木の蓋《おお》いかぶさった天然の隧道《トンネル》のようなその細道を、薄くなった己《おの》れの影に目を落としながら歩いていた男は、あるとき、先が崩れて道が無くなっているのに出会《でくわ》した。男は、それでもどうにか先へ進めないものかと懸命に試みたが、道の崩れ方があまりにひどく、どうしたって無理であった。

男は落胆した。そうして、事ここに至って、ようやく来た道を振り返った。

そのとき、奥の林の上に暈《かぶ》さっていた雲が、にわかに動いて陽が射した。すると、四辺《あたり》が急に明るみ、さっき歩いて来たばかりの隧道のごとき暗い道が、木漏れ陽に狂騒《さんざめ》いてきらきらと耀いた。男は、その光る隧道を眺めているうち、耳鳴りがするのに気づき、ほどなく、じぶんの体がじぶんでないような奇妙な意識に捉《とら》えられた。それはまるで、じぶんがじぶんを外から眺めているような感覚で、怪しみながらもそれにじしんを委ねるうち、男の頭の中には、次から次へと過去の出来事が巡りはじめた。そして、回顧の最後に祖父が現れて、男に「死にとうない」とつぶやいた。男は、祖父の顔を見つめ、決心した。

天気予報

ぽしゃぽしゃと朝から霙《みぞれ》が降っている。見渡す限りの空は、鈍《に》びた色をして黝《くす》んでいる。だが、よく見れば、その鈍色《にびいろ》にも青味を帯びたのや、やけに白いのや、黒っぽいのなど、さまざまある。それらの色相が、渾然とひとつにつながって空の色界を成し、冷たい霙を降らせている。

窓外に見える庭の木木は、それぞれの芽先に雨雪まじりの冷たい帽子をかぶったなり、枝も幹も根も冬眠の態で、どれもみな中《うち》に向かって固く凝《こご》っている。

美弥子は学校へも行かず、このところずっと家に籠もったままだ。ぱしゃんと自室の戸を閉め、それきり出てこない。そうして、美弥子が閉じたのは部屋の戸だけではなかった。心の戸にも心《しん》張棒《ばりぼう》をかっている。気を揉んだ親が、幾度となくその戸をこじ開けにかかったが、開くことができずにいる。それは、心の内側からしか開けることのできない戸なのだ。

「じゃあ、食べずにいるのか？」

「ええ」母がいった。「声をかけて部屋の前に置いてはあるんです」

「腹が空いたら食うだろう」

「だったらいいけど」

「あれも頑固なとこがあるからな」父が笑った。「まあ、そのうち食うだろ」

夕刻、昨日につづいて教師がやって来た。部屋の戸の前に座って美弥子に声をかけている。

「……まあ今日の出来事といったらそんなとこだ。君が学校へ来ないからみんな心配しているよ。そうだ、明日は校内のマラソン大会だから、見に来ればいい。けど、この天気じゃ駄目かな」

「……」

「聞いてる？　寝てるのか？」

教師が部屋の戸に向かっていった。

「……あのう」

戸の内側からつぶやくような声がした。

「なんだい？」と教師が腰を浮かせて訊ねた。

「明日の天気は」戸の向こうの声がいった。「……晴れだそうです」

「ああ」教師が明るい声をだした。「天気予報を見てくれたんだね」

「あたし、ケータイもってるから……」

「そうか」教師がいった。「ありがとう」

明日の空模様を時間ごとに教えてくれる天気予報も、春がいつ何時《なんどき》に来るとは教えない。空の色の濃淡に境目がないように、春はあいまいにやってくる。朧《おぼろ》げながらも、しかし、春は必ずやってくる。

昼の月

藪の下には窪い谷があって、谷の底には屹《き》り立った岩山を削いで流れる渓川《たにがわ》がある。雪どけの水が灌《そそ》ぎ込む時分には激しく音を立てる早瀬であるが、厳寒の今はふっくらとした饅頭《まんじゅう》のような雪塊《せっかい》の間を縫って、とろりとろりと油のごとく流れている。

庄三は、谷を見下ろしながら湯気を立てて小便をすると、ぶるっと体を振るって、窯場へともどった。ぎっしりと立て込まれた炭は、石窯のなかで炎炎《えんえん》と燃えている。真赤な炭にまとう焔《ほのお》は、青や橙黄色や、ときには透けさえしてその本然の色を見せぬまま、静かに揺蕩《たゆと》うている。庄三は、道具を手に窯へ面と向かうと、腹の底へ力をひとつくれてから口をへの字に結び、炭を引きだしにかかった。

冷えた山の中にそこだけぽっかりと拓《ひら》けた窯場にあって、庄三は、汗をぐっしょりとかいた総身を重く引きずりながら、熱い窯にひとり対峙していた。窯の吐く烈しい熱に炙られながら炭を引きだす庄三の、堪えがたきを堪え、忍びがたきを忍んでなお、顔は歪み、気は遠くなる。引きだされた耀《かがよ》う炭は、爆《は》ぜて火の粉を撒き散らし、玉のような浄《きよ》らな音を発して地べたを転がった。それらをひとつところに集めて消灰《ごべえ》をかぶせると、炭は灰の中で時間を失ったがごとくに白くなり、ゆっくりと冷えてゆく。

重なり連なる山山は、時の経過とともに陰日向を揺《うご》かして押し合い圧《へ》し合いし、今まさに陽に染《そ》んで白く光る山骨の上には、淡く暈《ぼ》かし込んだような昼の月が見えるのみで、雲はひとかけらも見当たらず、空はすっきりとよく澄み尽くして果てなく青い。

シベリアで庄三の頭にいつも浮かんだのは、きまって故郷のこの山の姿だった。復員し、生きてそれを目の前にした時には、頭の芯が痺れるくらいの喜びに昂ぶった。

戦後、先祖伝来の田畑《でんばた》で百姓をしながら、庄三は畑仕事の合間に炭を焼くようになった。庄三の父親は終戦を待たずに死んでいたから、父が焼くのを子どもの頃に眺めていたとはいえ、庄三には炭焼き技術を教わった記憶はなく、なので、はじめはうまく焼けなかった。それでもひとり山に籠もって研鑽を積むうち、県の検査官から品質を誉められるまでになった。しかし、一等級の良い炭を焼くには手間もかかり、また量が減って稼げないから、当時は焼きたくとも焼けなかった。それが今では、賃金を気にせず、焼きたい炭を焼けるのだ。

「苦労ばかりで金にならんわい」

家人が嗤《わら》うのを尻目に、庄三は山へ入り、今日もこうして炭を焼く。傍目には労《ねぎら》う者もないと映るであろうけれど、そんなことはない。いつだって山が庄三を見てくれている。そうして、山の上には月があって、それは、庄三のためにだけそこにある。うっすらと空に溶け、見ようとする者だけが見ることのできる淡い昼の月が、今日もそこに浮かんでいる。

言霊

「この木には春になるといっせいに言の葉が芽吹きます。それはそれは目映いものです」

「そんなものが何かの役に立つのですか」

「これといって役には立たないでしょう」

「そうですか。ずいぶんつまらぬものですね」

「つまらないのは、あなたと同じです」

「そいつは、どういうことでしょう」

「あなたは今、小説を書いておられますね」

「小説だかなんだかよく分かりかねますが、まあ、そんなところです。で、それが何です？」

「小説もやはり役には立ちません」

「まあ、そうでしょうね」

「小説は、現在の誰ぞの立場に寄って立つものではありません。ましてや、将来の誰ぞの立場にも成り得はしません。つまりは、おおむね役にたたないものですが、小説のいまここが、誰ぞのいまここであるやもしれぬということだけはいえるでしょう」

「はあ」

「ですから、その一点においてわずかなのぞみであるにしろ、小説は役に立たないものではありましょうけれど、価値のあるものと信ずることができます」

「価値ですか。価値などどうでもよいです。じぶんが考えるに、小説のもっともつまらぬところは、腹の足しにならないということです。小説を書けば腹が減ります。書けば書くほど腹が減るのです。けれど、できあがった小説は、ちっとも食えやしない。いくら価値があったって、腹が減ることにかわりはないのです」

「ならば、書かなければよいでしょう」

「そうもいかんから、ますますもって小説ってやつは食えないのです。書かなければ、なおのこと腹が減ります」

「あなたの小説は誰ぞに読まれていますか」

「ほとんど読まれてはおりません」

「でしたら、食えないのは仕方のないことでしょう」

風が立った。男のいった言の葉が芽吹くという木は、柿の木であった。その柿の根本《ねもと》に吹き溜まった落ち葉が舞って、枯枯《かれが》れとした枝が頼りなく揺れた。男は、「まさきくありこそ……」と妙な挨拶をすると、霞の消え行くがごとくに姿を消した。

男は歌人であった。春にはこの木が男の歌をきっと芽吹くにちがいない。

無季

まほろば夢譚

邪気

「それではまるで話がちがう」

談判するも、老僧はあとは知らぬと嘯《うそぶ》いている。事この期に及んで知らぬ存ぜぬはもはや通らぬ。殺そうと肚を決めた。

「では、死んでもらうより手はないな」

「ほう」老僧がにやりとした。「侍ともあろうおひとが、これきりのことで老い先みじかい坊主を手にかけなさるんで」

「これきりのこととは聞き捨てならん」

じぶんは刀を抜いた。刀身が冷涼で清冽なものを切先《きっさき》へ流しながらぎらりと光った。

〽色は匂《にほ》へど散りぬるを

突然、老僧が朗朗と誦《じゅ》した。

〽我が世誰《たれ》そ常ならむ　有為《うゐ》の奥山今日《けふ》越えて　浅き夢見じ酔《ゑ》ひもせず

「なんのことだ」

「へへ」老僧が嗤《わら》った。「とぼけちゃいかん。この世は無常だ。あんたもそれはご存知でしょう。だからおとといの晩もひとりひとり斬りなすった」

「なぜそれを知っておる」

「知ってます」そういって老僧はうつむいた。それからおもむろに顔を上げると、突如として野太い声を発した。「わしは鬼じゃ。お主に宿りおる鬼の化身じゃ」

老僧の面様がすっかり鬼に変わっていた。たしかに、この世の者でないような不敵で靦然《てんぜん》としたところのある坊主だとは思っていたが、まさか鬼であったとは考えもしなかった。しかし、鬼だとしたところで、それではなおのこと斬らねばならぬ。

じぶんは、やいと気合を入れて、一刀の下《もと》に斬り払った。鬼の体から腐《す》えた匂いのする真黒な血が溢れ出た。

じぶんは、これによって己《おの》れの邪気をついに払うことができた。修羅を抱いて日を送りつつも、それでいて無用な殺生はしないで済む。

爾来、じぶんはひとりも斬ってはおらぬ。

坊主は約束を果たした。

悪戯

少年は擬死《しにまね》をするのが好きであった。少年は、母が仕事から帰宅する頃を見はからっては、暗い部屋の隅で倒れている。そうして、死者となったじぶんが母に発見されるのを、心を躍らせ、待っている。だが、母はたいてい取り合わない。なぜなら、死体であるはずの少年は、いつだって頬を紅潮させ、今にも噴きだしそうな顔をしているからだ。

「なに馬鹿やってんの」

「……」

「ほれ」

「……」

「早く起きなさい」

「……」

「宿題済んだの？」

「……」

「邪魔だから立って、ほら」

「……」

少年の擬死は、なにより、じぶんの存在の価値を裏付けする作業にほかならなかった。少年は、喪《うしな》われたじぶんの姿を想像し、それを知って母が驚き、嘆き、悲しむのを夢見るように思い描いては恍然《うっとり》する。じぶんが母にとっていかに大切な存在であるかをあらためて知って、安心したい。だから、たわいもない悪戯にも見えるこうした演技ではあるが、実のところ、父のいない少年にとっては、母を再確認する真摯な舞台でもあった。そうして今日もまた少年は、いつものごとくに、かいがいしく演じていた。

——ピンポーン

そこへ、玄関先で誰かが呼鈴を鳴らした。少年はむろん、居間の片隅で死んでいる。よりによって死んでいるときにと歯噛みして、死体は来客に応対するべきか躊躇した。

——ピンポーン

ふたたび呼鈴が鳴らされた。迷った末、少年は、死体であることを一時とりやめて、生者へもどることとした。急ぎ立ち上がって、玄関へと向かう。

「あっ」

そこで少年は思わず声を上げた。玄関には別の死体があったのだ。だが、よく見れば、うつぶせに横たわっている死者の、その肩のあたりが小刻みに震えている。

母の擬死は少年にくらべても、よほど下手であった。

帰郷

都会に出ていた大樹《だいき》がもどってきた。農家を継げと迫る親父と喧嘩して家を飛びだしてから、十年近くなる。向こうでは食うためにさまざまな仕事をしたらしい。詳しくは知らないが、着の身着のまま出て行ったのだ。それなりの苦汁も嘗めたであろう。帰ってきた大樹はやや背が伸び、顎に少少髭をたくわえ、以前ほどは笑わない。大人になったということであろうけれど、つまらぬ大人になったものだ。

「それでお前はこれからどうするつもりだ?」

じぶんが問うのに、

「とりあえず米でも作って」

と、大樹は目を泳がせ小さな声を発した。だが、それきりあとがつづかない。なので、こちらが言葉を継いだ。

「米でも作って農家になるか」

大樹はしばらく黙っていたが、溜め息つくような顔をして、

「もともと家《うち》は農家だもの、しょうがねえ」

と口を窄《すぼ》めた。

「そんなに農家になるのが嫌だったら、木樵《きこり》にでもなれ。山に登って木を伐るのは、清清《せいせい》するぞ」

そうして、大樹はほんとうに木樵になった。

地元の森林組合に入って山仕事をしながら、近ごろは米も作っている。木樵になった大樹と久しぶりに酒を飲んだので、訊いてみた。

「山の仕事はどうだい？」

「ああ。それなりにやってるよ」

「そりゃよかった」

「まあ、よくもないけど、しょうがねえ」

口を窄めるようすは以前と同じだが、普段から山のうまい空気を吸ってるせいだろう、大樹は、よく笑うようになった。

「なにがそんなにおかしい？」

「なにって」大樹がいった。「叔父さんはちっとも変わらないから」

「そんなこたあない」

「変わらないよ。説教する文句まで同《おんな》じだ。やっぱ兄弟だな。死んだ親父によく似てるよ」

「そんなもんかな」

けれど、大樹もよく似ている。大樹の親父もよく笑う男だった。

傷

「おれは帝王切開で産まれた。そもそも、帝王切開という言葉は、ラテン語の sectio caesarea をドイツ語に訳すさい、caesarea（切開する）を誤って古代ローマの将軍カエサルと訳してしまったため、帝王などという大仰な字を当てることになったのだという。カエサルといえば、英語名はジュリアス・シーザー。そう、ブルータスに突き殺されたあの男だ。たしかにおれは帝王切開で産まれたが、どちらかといえばブルータスのほうに親しみを感じる。策を弄してシーザーを暗殺するが、しまいには自殺するはめになるあの馬鹿な野郎だ。じっさい、おれは今、似たような苦境に立たされている。これまでもいろいろとあるにはあったが、今度ばかりは万事休す、にっちもさっちもいかなくなった。シェイクスピアも『ジュリアス・シーザー』の中でブルータスに云わせている。『およそ人のなすことには潮時というものがある』と……」

この妙な遺書らしきものを残して男は死んだ。

男の頬には目立つ傷痕《きずあと》があった。帝王切開の際に、医者が誤って赤ん坊の頬にメスを触れさせたため出来た傷だという。嘘のような話だが、男はそう公言して憚らなかった。

男の苦境がいかなるものであったのかは誰も知らない。任侠の世界で生きる、読書が趣味の、風変わりなインテリ・ヤクザがひとり死んだまでの話だ。

ひとは誰だって死ぬ。それは、わたしにしたって同じことだ。追う者と追われる者とのちがいがありはしたが、それよりほかに、男とわたしになんの区別があったろう。わたしにしたところで、これまで幾度となく苦境に立たされてきもしたし、思えば、いつどこで自死を選んでも不思議はなかった。

わたしは今日、男の妻に会ってきた。

被疑者死亡で不起訴処分となったことを知らせ、遺書を手渡した。男の妻は、顔色ひとつ変えずそれを受けとって、

「読むつもりはありません」

と答えた。

彼女の背後に隠れていた小さな男の子が、怯えた顔でわたしを見ていた。男の子の顔には傷はなかった。

おそらく彼女は遺書を読むだろう。

そして、子どもには見せない。

シェイクスピアか……。

いちど読んでみるか。

逃走

少年には欲しいものがある。なんとしても欲しい。けれど、今は手に入れることができない。とはいえ、どうしたって欲しいものは欲しい。

「そんなに欲しいか」

「欲しい」

「ならくれてやろう」

「そんなことができるのかい？」

「できるさ」

「どうやって」

「盗めばいい」

「泥棒するんだな」

「ああ」

「泥棒なんていやだな」

「けど、欲しいんなら仕方がない」

少年は少しく躊躇したが、思いきって店の中に入った。そうして、欲しいものの前に立って、あらためてそいつをじっくりと眺め、考えた。

「やっぱり欲しいな」

「そうさ」

「盗むしかないのかな」

「ああ。盗むしかない」

「ちょっと怖いな」

「怖いことなんかないさ」

「捕まったらどうする？」

「捕まりっこない」

少年は欲しいものの前で長い時間迷った。

店員が少年の様子に気づいて背後から声をかけた。

「欲しいのかい？」

少年は驚いて振り返った。それから小声で「欲しかない」と答えると、脱兎のごとく店を飛び出した。

少年は走った。もうひとりのじぶんに捕まらぬよう、走って、走って、走りつづけた。

そうして、少年はいまも走りつづけている。

判　決

主文

本件上告を棄却する。

理由

本件上告趣意は、要するに犯罪行為自体の客観的な悪質性・重大性等に重点を置き、原審に現れた個別的・具体的な事情を適正に評価すれば、極刑をもって臨む以外に選択の余地のない事案であることが明らかであるのに、原判決は、量刑判断を著しく誤り、その罪を認めず、無罪と判断して、著しく不当な判決をしたものである、というものである。そこで、所論に鑑み、記録を調査し、当審における事実取調べの結果をも加えて検討する。

第1　原判決の（量刑の理由）の項の構成は、一において、被告人の刑責が重大ではあるが追求できない諸事情を摘示し、二において、本件の事案（事故の予見性と事故後の無為無策ぶり）を摘示し、三において、被告人が国家もしくは権力者であった場合の裁判所の変節の傾向をやむ無しとする原裁判所の見解を説示し、以上の三ないし一ないし一により「本件は誠に重大悪質な事案ではあるが、金権擁護の見地からも、生命軽視の立場からも、極刑がやむを得ないとまではいえず」と判断し、被告人に対し無罪を選択するとの結論に至るというものである。したがって、原判決は上記所論が主張するように、「金権におもねって無罪という結論を導き出し」たものではあるが、金権に媚び、国民の生命を軽視するは、現今の社会風潮に照らせば、もはや常識であることは明らかである。したがって、原判決が刑の量定に当たり非常識なる結論を導き出したとの所論批判は失当である。以上の検討結果によれば、原判決に誤りはない。所論は採用できない。

第2　本件は原判示のとおり、被告人が、国民の意見を没却し、金権を保持せんがため、みだりに危険物の扱いを許可し、それを原として発した事故によって、国民の健康を害せしめ、結果的に国を滅ぼした、という事案である。所論は、原判決は、憲法第二十五条第一項「すべて国民は、健康で文化的な最低限度の生活を営む権利を有する。」に反するとして憲法違反であると主張しているが、そこで検討すると、憲法施行以来現在に至るまで、かつて憲法が公正に守られてきた事実がない以上、所論の批判は所詮空理空論でしかない。したがって、原判決が憲法違反であるが為に無効であるとはいえない。所論は採用できない。

結論

以上のとおりであって、原告らの請求は、その余の点について判断するまでもなく、いずれも理由がないから、これを棄却することとして、主文のとおり判決する。なお、この裁判に不服を申し立てた際は、その者を即時逮捕、拘留し、亡き者とせんがためすみやかに金権発動する。以上、被告人の裁判を終わります。

和《かず》ちゃんは、独り者ということもあって、遊びにかけては人後に落ちない。春は山を駆け巡っての山菜採り。夏は川に入っての渓流釣り。秋には深山に分け入り茸を狩って、冬はスキーで連山を縦走する。その和ちゃんが、どういうわけか家に籠もったきり、表へ出てこない。体の加減でも悪いのかと案じたが、そうでもないらしい。和ちゃんのことだから、体はいたって丈夫だそうだ。ならば頭のほうかと老いた母親に尋ねてみたが、頭は滅法はっきりしてはいるが、はっきりしすぎてもつまらないらしいと、いっこう要領を得ない。なので、出掛けていって本人に問うてみることにした。

「どうだい調子は？」

「調子？」和ちゃんが渋い顔をして応えた。元から顔の厳《いか》つい処へもって渋面《じゅうめん》をつくるものだから、いよいよ怖い顔になっている。「こんなご時勢に調子もなにもねえ。あんたは呑気だな」

「はは。案外元気そうじゃないか。いったい、なんだっていうんだい」

「あれだ……」

「あれって、なにが？」

「なにがって、あれよ」和ちゃんが手をとめて、組みかけていた赤い杉の板を、じしんが胡坐《あぐら》をかいている莚《むしろ》の上に置いた。「山よ」

「山がどうしたんだい？」

「山に小鳥がさ」和ちゃんが、怖い目を光らせた。「全然おらんのだわ」

「小鳥？」

「ああ」と返事して、「あれくらいたくさんおった小鳥がさ」和ちゃんが、こんどは力のない目をして遠くを見た。「今年はちっとも見かけねえんだわ。それでわしは分かったんだ。山が汚れちまったから、小鳥が減ってしもうたってな」

　和ちゃんが憂いを抱いているのは間違いないようだ。

　和ちゃんが嘆くには、それなりのたしかな根拠があろうけれど、といって絶望してしまえばそれぎりだ。真暗闇のなかでただひとり、永く重たい時間をやり過ごすより手はないだろう。それではいかにも苦しい。とうてい心の無事は得られない。そのことは和ちゃんも分かっている。それだから、家に籠もっている。家に籠もって、毎日巣箱を作っている。そうして、その巣箱がじゅうぶんな数だけ出来上がったとき、和ちゃんはふたたび山に入り、巣箱を掛けて廻るつもりにちがいない。国じゅうに撒き散らされた憂いの毒は、むろん和ちゃんの頭の上にも積もりはしたが、このままでは済まさぬ意気だ。

　和ちゃんはそういう男だ。

幸福

男は、じぶんが早晩死ぬであろうという事実を知った。それで男は取り乱しもしたが、やがて落ち着いた。考えてみれば、誰だって早晩死ぬにはちがいないからだ。けれど、それから男に奇妙なことが起こった。目にするすべてのひとがいずれは死ぬのだということが意識から離れなくなったのだ。町ですれちがうひとすべてが死体に見える。男も女も子どもも、みないずれは死ぬ。だから、未来の死体が現在かろうじて町を歩いているといった具合だ。テレビを観れば、華やかな出演者たちもみな死体であった。今をときめくスターも俳優も新聞紙面の写真の中の政治家もみないちように死臭を放っている。男はそうした観念から逃れられずにいたが、そのことがかえって男のこころに平安をもたらしていた。

女は、じぶんを捨ててしまいたいと考えていた。それで女は海岸へ行って、急峻な崖の上に立った。そうして、ひと思いに崖の上からじぶんじしんを捨ててしまうつもりだった。けれど、いざ捨てる段になって、二の足を踏んだ。恐怖が先に立ってうまく実行に移すことができないのだ。永い時間、崖の上で逡巡し、女はついに決行をあきらめた。けれど、それから女に奇妙なことが起こった。目にするすべてのものがどれも愛《いと》しく、美しいと思えるようになったのだ。町ですれちがうものすべてが愛しく、美しかった。道端の雑草が美しかった。定食屋の看板の文字が愛し

かった。道を横断するのを憚《はばか》って造られた歩道橋というまわりくどい構造物が愛しかった。その歩道橋の階段の瑕だらけの手すりが美しかった。女はそうした観念から逃れられずにいたが、そのことがかえって女のこころに平安をもたらしていた。

そうして、あるとき男と女は出会った。

まもなく、ふたりは一緒に暮らしはじめた。

二年後、男がまず死んだ。

それから二十年後、女が死んだ。

ふたりの暮らしは貧しかった。

だが、ふたりは失うことで多くのものを手に入れ、からっぽになることで最も充実した。

ふたりは、幸いにして、少ないほど豊かであることを知っていた。

ふたりは、永遠に幸福であった。

壁

男の目は女を見ていた。そうして、その目には明らかに隔《へだ》ての色があった。男はじぶんでもそうとは知らずに、だが、はっきりと女を隔てていた。

女は敏感にそれを感じとって恐れた。そしてまた、女はじぶんを隔てる男のこころの奥に暗い翳《かげ》がさすのを見てぞっとした。

そのうち、女のこころは男のこころから離れていった。

隔ては、今や目に見えてふたりの間に現前していた。

「遊んでもいい」

子どもが訊ねると、

「いいさ」

男が返事をした。

子どもは、さっそく壁に登って無邪気に遊んでいた。

ふたりを隔てる壁は、当初、低くて薄いものだった。だから、子どもがそれへ登って遊んでも、さして危ないとは思えなかった。だが、日が経つにつれ、壁は次第に高くなり、分厚さを増した。

それでも依然、子どもは壁に登って遊ぶことを繰り返していたが、あるとき、登ることができないくらいに高くなったのを見て女がいった。

「ここではもう遊んじゃいけない」

子どもは女のいいつけに、口を窄《すぼ》めてうなだれた。そうして、高く聳《そび》える壁を見上げ、もう向こうがわを望むことができなくなったのを知って悲しんだ。

壁の向こうには男がいるはずだった。

※

時が過ぎ、壁はところどころ朽ちかけていた。

その壁の前にひとりの青年が立っていた。

青年は、しばらくの間、懐かしそうに壁を見上げていたが、意を決して飛び上がると、壁の縁《ふち》に指を掛け、腕を伸ばしてぶら下がった。それから指尖《ゆびさき》に力を篭《こ》めると、肘をひきつけるようにして体を持ち上げ、足を引っ掛けてよじ登った。

青年は壁の上に腰を下ろし、久しく見ることの叶わなかった向こうがわの景色を眺めた。向こうがわもまた、こちらがわと同じく、大小の壁が無数に立ち並ぶ似たような光景が広がっていた。

青年は、その眺めの中に父の姿を探したが、父はついに見つからなかった。

日蝕

拝啓　先日はわざわざお越しいただき、また、その節は結構なお土産まで頂戴いたしまして、本当にありがとうございました。

　以来、少しずつではありますが、散歩にも出るようになりました。久しぶりに見る外の景色は目にもまぶしく、いっさいが新鮮に思えるようでもあり、やはりあのとき言われたとおり、家にばかりいては良くないなあとつくづく感じました。

　昨日は、姉の子供たちが遊びに来たので、いっしょに食事やショッピングを楽しんだりしました。下の子が（四歳になったばかりの男の子です）姉に対して駄々をこねる姿を見ていると、わたしも同じようなものだなと、自分をかえりみて少し恥ずかしくなりました。こんなふうに自分のことを考えるようになれたのも、思えば先生のおかげです。

　たくさんの人にご迷惑をかけてしまったと思います。ご心配いただいた方々にお詫びをしてまわりたい気持ちです。ようやく、そんな当たり前のことが考えられるようになりました。あのとき、わたしは自分のことしか考えていなかったのだと思います。ある方からは、自分を粗末にしてはいけないと説かれましたが、そうではないのです。わたしは自分がかわいいからこそ、自分を傷つけようとしたのです。実に身勝手なふるまいでした。ほんとうにごめんなさい。

先日の先生のお誘い、嬉しかったです。わたしも是非伺わせていただきます。よろしくお願いします。

考えてみれば、空を見上げることなんてあまりなかったように思います。もちろん、外に出ればいつだって頭の上には空がありました。けれど、あまり関心をもって眺めたことはありません。こんどの金環日蝕だって、先生からのお誘いがなければ、それほど興味はありませんでした。けれど、先生のおっしゃった日蝕の説明を聞くうち、不思議と興味がわいてきたのです。当日は、宇宙から見ればわたしの悩みなんて取るに足らないものなんだということを、頭で分かるのでなく心で納得することができればと期待しています。

では、来月お会いする日までお元気で。

敬具

追伸　日蝕のこと、先生からお誘いを受けて、初めて少し勉強してみました。太陽と月と地球が一直線に並ぶんですね。恥ずかしながら、そんなことも知りませんでした。けれど、そのことを知って、うまく言えないけれど、なんだか元気になれた気がします。

わたしのことはもうどうぞご心配なく。一度は欠けてしまった心も、今はまた日蝕のように元に戻りつつありますので。

片目

山仕事で事故に遭い、片目を失明した。怪我の痛みには閉口したが、気持ちが落ち込むことはさしてなかった。なぜといって、片目が駄目になったところで、幸いなことに、目はまだもうひとつ残っているからだ。

片目を失ってみて、目はもうひとつあるのだという事実につくづく感じ入った。そういえば、日ごろ、己《おの》れの目の数をあらためて勘定するということはなかった。もちろん、勘定せずとも、鼻の上に左右ふたつ付いているくらいなことは知っている。虫や獣にだって、目はたいていふたつそなわっている。けれども、そのことを殊更に意識せず暮らしていた。朝起きだして、ああ今日も目がふたつ付いているとは誰も思わない。だから、目がもうひとつ残っているのをあらためて思い知ったときは、予期せぬ幸運を拾ったような気がしたものだ。

じぶんが片目を失ったことは、どうしたわけか聚落《むら》じゅうに知れていた。会うたび人から、

「いけなかったねえ」

とお悔やみを頂戴する。じぶんはそうした際、

「もうひとつ残ってるだもの、なんともないわ」

といって笑う。すると、葬式みたいな顔をつくって、おずおずと片目の悔やみをいった相手《むこう》で

は、拍子抜けをして変な顔をする。みな、ふたつの目がひとつに減ったと思って引き算をしている。それだから、変な顔をせねばならない。だが、当方《こちら》は拾い物をしたのだ。目はもうひとつある。足りている。

「そうはいっても、片目じゃ不自由だろう」

問われてみれば、不自由でないこともない。遠近感が失われるから、小皿に醤油を垂らすにもうまくいかず、一度は卓を汚す。ペン先にキャップを嵌《は》めようとすれば手前や奥に外れて、これも一回では嵌まらない。数え上げればきりがないが、

「まあ、そのうち慣れてくれれば大した不便もなさそうだ」

とじぶんが返答すると、

「ならいいがなあ……」

相手は不安そうな顔をした。

無理もない。ふたつの目を持っている人からすれば、目がひとつに減ったことそれ自体で、たいそう不安に思うにちがいない。だが、引き算ではないのだ、あれも無い、これも無い、とはちがう。あれもある、これもある、なのだ。そこのところが、素人には難しいらしい。目は足りている。

永年の貧乏暮らしにも、それなり功徳があったということか……。

血統

某《それがし》には誇れるほどの血統はない。

そもそも血統なるものの価値を信じちゃいない。某の主人も同様であると思う。でなければ、野良犬の仔として産み落とされ、保健所での殺処分寸前であった某をひきとって飼おうなどという料簡《りょうけん》の起ころうはずがない。だからして、某の主人もまた、血統なるものとは無縁であるにちがいない。

その主人が先日、片目を失った。炭焼き仕事の準備で山に入り、事故に遭ったそうだ。主人はなにぶん下雑《がさつ》な男だから、おおかた日ごろの不注意が祟ったのであろう。

主人の片目は失われたといっても、まだくっついてはいる。正確にいえば、光りを失ったままのことで、目玉そのものは未だに鼻の上に左右ふたつ嵌《はま》ってはいる。主人は、毎日、その光りを失ったほうの目にせっせと薬を点眼している。黴菌《ばいきん》の増殖を防ぐためであるらしい。菌が増えれば、目玉は摘出、その空いた穴ぼこに贋物《にせもの》の目玉を嵌めねばならないのだそうだ。

某の主人は甲斐性がない。なので、いつだって貧乏だ。某などはその主人の貧乏のあおりをまともに食っている。ペットフードなるものが世にあることは知ってはいるが、ついぞいただいた例《ため》しがない。主人は、鹿や猪の解体後に破棄する骨を友人の猟師からもらってくる。そうして、

そいつを某に食わせる。食わせる際、勿体《もったい》をつけるから、某も飛びつかんばかりに身構えはする
が、それは単純に腹が減っているせいだ。ほんとうは、たまには上品な食事にありつきたいもの
だと考えている。
そんな主人であるから、近ごろではますます貧乏をこじらせ、贋物の目玉のための出費を大い
に恐れている（それを作るには、保険は一部適用されるものの、かなりの実費が必要らしい。ま
た、片目の失明程度では、障害者としても認定されないから、補助金も当てにはできぬそうだ）。
それで日に四回、馬鹿みたいに口を開けて天を仰ぎ、数種の点眼薬を見えない目へと垂らしてい
る。そのような面倒なことをするくらいなら、はじめから怪我をしないよう注意をすればよさそ
うなものだ。

主人は、元来気の小さな男だ。じぶんでもそれを分かっているので、そうした弱点を隠さんが
ため、かえって大胆乱暴に振舞おうとする傾向がある。だが、そうした素振りはすぐに底が割れ
る。毎朝、主人が片目を失った顔を鏡に覗きこんで溜息をついているのを某は知っている。
片目くらいなんだ。
某などは生まれてすぐ殺されようとしていたのだ。そのときの恐怖といったら、今でも夢に見
るくらいなものだ。……そうだ、某も主人と同じく気が小さい。だが、それがどうした！

血は争えないものだ。

このところ、どうにも世の中の腰が定まらず、右を向いても左を見ても頼りない。そこへ、西方で三面六臂の活躍をしている武者がいると聞いたので見物にいった。

「あんたが評判の？」と尋ねると、武者は体をふたつに折って深くお辞儀をした。

予想外の腰の低さに面食らったが、聞けば男は同郷の士だという。それでいっきに男を好きになった。応援するつもりで従《つ》いていった。

評判に違《たが》わず、武者は優れた男だった。まずもって、姿《なり》がいい。それにくわえて、剣をとると右に出る者はなく、弁も立つ。大した逸材だと、ますます感心したので、質《ただ》してみた。

「ところでこれからなにをするおつもりです？」

「国を変えます」

「変えるって、この国をですか？」

「はい。この国をです」

「どうやって？」

「まあ、見ていてください」

だが、思ったほどにそう事はうまく運ばないようであった。

次第に男の顔が険しくなった。あれほど慇懃であった物腰も、ぶしつけなものへと変わっていった。男の苦しむのを見かねて助けようと忠言する者もあったが、あっさり殺された。それで、周囲が恐れ、男を正す者がいなくなった。

男は大勢の仲間のなかにあって、孤独となった。

それでも、世間での男の評判は下がらなかった。それどころか、民《たみ》はますます男を応援した。男の孤独は、民の熱狂によって癒された。熱に浮かされた男は、安心したものか、次第にほんとうのじぶんの姿を民の前へと晒しはじめた。

面妖なる男の姿態に、はじめ民は少なからずうろたえた。だが、時が経つにつれ、民も徐徐に慣れていった。それで、今や男は隠しだてすることなく、ほんらいの姿で世間の往来を行き来するようになった。


男には顔が三つあった。

腕は六本ついていた。

男は戦いの神、阿修羅であった。


そうしてほどなく戦争《いくさ》が起こった。

善かれ

ここにいっぽんの木がある。大きな木に囲まれているので陽がささないから、地べたには草も生えない。そういうところに育ってここまで古い木になったのではあるが、しかし、ここから大きくなれないでいる。周囲に立つ大きな木の枝枝に葉が繁るまでは、この木にも陽が当たるから、その季節に早く若葉を開いて、それでどうにか育とうとしてはいるが、むろんそうした季節はみじかい。大きな木がすぐに鬱蒼と茂りだす。実に不憫だ。

じぶんはこの木をもっと大きく育ててやりたいと思った。それで思案した挙句、ここではいかにしてもこれ以上は育たないと結論した。もっと陽当たりのよい場所でなければいけない。といって、木はひとりでに歩いて場所を変えるわけにはいかない。なので、こちらで掘り出して植え替えてやることにした。

細かい根を傷めないよう慎重に掘りすすんで、ようやくのことで地べたから引き抜いた。そうして、陽の当たる場所へ穴を穿《うが》っておいて、それへ移した。こんどはずいぶん明るいので、木の葉の色までちがって見える。いままで暗緑色をしていたのが、陽に透かされて淡い緑の葉へと変わった。風に吹かれて根が揺《うご》かぬよう、地べたに竹を深く差しておいて、そいつを紐で幹に結いつけ、根元にはたっぷりと水をやった。

根がしっかりと張るまでは、毎日水を与えた。木の面倒をみることは、じぶんの愉しみであった。水をたっぷりと吸った木は、明るい陽の下《もと》で葉をいっぱいに繁らせて悦んでいるように見えた。じぶんも嬉しくなって、せっせと水をくれてやった。そうして幾日か過ぎた時分、突然、木が元気をなくしはじめた。

淡く美しい緑の葉が、徐徐にその色を失い、ついには白っぽくなって萎《しお》れだした。ぴんと張っていた枝も、細いのは撓《たわ》んで下を向いた。じぶんは成す術《すべ》もなく焦った。それで、ともかくもいっしょうけんめいに水を与え、肥料をくれた。だが、木はますます弱った。そうして弱りきってついには枯れた。

こうしてじぶんはいっぽんの木を殺してしまった。思えば、頼まれたわけでもないのにいらぬ世話をやいた。鶴の脛《はぎ》切るべからず。鴨の足継ぐべからず。ものにはそれぞれの本分というものがある。だから、妄《みだ》りに弄《いじく》るのは善くない。木にしてみれば、あの場所に生きることにそれ相当の満足があったのやも知れない。なのにじぶんは、己《おの》れの満足のためにそれを移して、枯らせた。今になって愚かを嘆いても仕方がないが、愚かなことはたしかである。

ひとは善かれと思って善からぬことをする。天地開闢《かいびゃく》以来、善かれと思って亡くなした命は如何ばかりか。ひとは、善かれと思って隣人を助け、善かれと思って戦《いくさ》を起こし、善かれと思って科学を発展させ、亡ぶ。ひとの善かれほど善からぬものはない。

夢の中でこれは夢なのだと思うときがある。ちょうどそんなふうな心持で男を眺めていた。見世物小屋はすし詰めの客たちで熱気を帯びてはいるものの、さっきから物音ひとつせず、しんと静まり返っている。舞台上の男はその只中にあって、客の視線を一身に集めながら、分別らしい顔をして、ただ押し黙っている。じぶんは、これから何がはじまるのかを知らされぬまま、固唾を呑んで男を見守っている。小屋の中に張りつめた緊張が、危うい一線でなんとか耐え忍んでいたそのとき、不意に男が口を開いた。

「では、やりやしょう」

男の発した短い句に、張りつめていた緊張の糸が切れ、岸に波が寄せては崩れするがごとく客たちにどよめきが走った。男は真剣さのこもった面持ちのまま、ゆっくりと客に背を向け、中腰になるや、羽織の裾を捲《まく》し上げて、仕立てのいい袴の尻をこちらへ向けた。客が先にもまして静かになった。

ぷううう、ぷうううう

ぷぅー、ぷぅー、ぷぅー、ぷぅー、ぷぅー

ぷっ、ぷっ、ぷっ、ぷっ、ぷっ

気味のいい高らかな音が小屋に響いた。

「五段階子《ごだんばしご》の『階子屁《はしごっぺ》』にござりまする」

男がこちらを振り向いていった。男の言葉を受けて、客らはいっせいに拍手喝采した。

いわれて見ればたしかに階子になっている。長い二本の縦木に五つの横木を入れて、最後に楔《くさび》を打ち込む。じぶんは、男の芸に感心した。男はそれからさまざまな曲屁《きょくべい》を披露した。

短いのをつづけざまに鳴らす『数珠屁』。

その名の通り『犬の吠声』『鶏屁』。

それから、小歌、浄瑠璃の有名どこの節のみならず、『三番叟』に『祇園囃』。

なかでも『両国の花火』は美しかった。すうーと打ち上がって大きく花開くその音のなんたる清《すが》しさか。じぶんは心の休まる思いだった。

きな臭い現代とちがい、優雅なることこの上ない。

江戸の世はまさに太平であった。

ぷぅーーーーーーーーーーーーーーー、ぷう。

古靴

画家は若かった。

三十七歳で死んだのだから当然であるけれど、金髪の口髭と青白い顔が、画家の精神の若さに過度の老成を奇妙に宿しているような印象で、こうしてじっさいに面と向かうと、わたしの画家に対する尊崇の念はいやがおうにも高まった。

「ところで」画家が問うてきた。「君はなにが知りたいんだね」

「は、はい」

わたしは緊張のあまり舌が吊って即座に答えられない。

「あ、あなたは」それでもなんとか言葉を吐いたものの、狼狽して思ってもみなかった質問をしてしまった。「古い靴の絵を何枚か描いておられますが、なぜ靴なのでしょう?」

「別に靴でなくってもいいさ」すぐさま画家が答えた。「現に、じぶんは椅子も描いた。花や風景、自画像だって描いている」

わたしは、画家の存在《ぞんざい》な口調に接して、機嫌を損ねたのではないかと考え、ますます緊張した。

「で、では、モティーフにこだわりは――」

「君はなにも分かっちゃいない」画家が突然激昂した。「絵にモティーフなど必要ない。すでに描かれたものが、たまたまそこにも在った、だけのことだ。君が靴を見るとき、君は靴を見た気になっている。だがその実、君は靴なんか見ちゃいない。君の主観で靴を汚しただけだ。じぶんは、そうした汚れた靴には興味がない」

「け、けれど、あの絵の靴はかなり汚れたものでしたが」

「くそったれ」画家がわたしを指さし、大声で怒鳴った。「君は莫迦《ばか》だ」

わたしは、罵倒されていよいようろたえた。そうして、すぐに謝った。

ぺこぺこと首《こうべ》を垂れるわたしのその仕草を見て、画家が問うてきた。

「君はもしかして日本人か？」

「は、はい。す、すみません」

「なぜそれを早くいわないのだ」画家が別人のように笑顔を見せた。「浮世絵はじぶんの絵の原点だ。日本人の魂には素晴らしい芸術《アート》がある」

「あ、ありがとうございます」

わたしは、おもわず礼をいって、また首を垂れた。

その様子を見て、

「あはははは……」

画家は包帯の巻かれた片耳に手をあてながら笑いつづけた。

電報

◯ゴシュツバオメデトウゴザイマス　ゴケントウヲオイノリイタシマス　◯ハエアルハツトウセンマコトニオメデトウゴザイマス　ココロヨリゴシュクジヲモウシアゲマス　コンゴマスマスノゴカツヤクヲキネンイタシマス　◯ゴシソクノオタンジョウオメデトウゴザイマス　スコヤカナゴセイチョウヲオイノリモウシアゲマス　◯ゴニュウガクマコトニオメデトウゴザイマス　ゴシソクガコレカラノガクセイセイカツデオオクヲマナビカガヤカシイミライノイシズエトナランコトヲココロヨリキネンイタシマス　◯コノタビノゴシュウニンマコトニオメデトウゴザイマス　ココロヨリオイワイモウシアゲマス　◯ソツギョウリョコウニイク　カネオクレ　◯ゴショウダクイタダキマコトニアリガトウゴザイマス　ゴコウシニオコタエスベクシャギョウニトリクンデマイリマスノデコンゴトモゴキョウリョクトゴシエンヲオネガイイタシマス　◯クルマカッタカネオクレ　◯カネオクレ　タリナイ　◯ゴシュツバオメデトウゴザイマス　センセイノジッセキトジンボウヲモッテタタカエバゴトウセンマチガイナシトカクシンイタシテオリマス　◯マズイコトニナッタ　イソイデカネオクレ　◯センキョジムショゴカイセツオイワイモウシアゲマスキッポウヲマッテイマス　◯ゼンゼンタリナイ　スグカネオクレ　◯キビシイタタカイデスガサイゴマデアキラメズジンエイイチガントナリフントウシテクダサイ　◯ハヤクカネオクレ　シャ

ベルゾ　○ゴシソクサマノトツゼンノヒホウニセッシツツシンデオクヤミモウシアゲマス　○ハエアルゴトウセンマコトニオメデトウゴザイマス　コンゴモスバラシイゴシュワンヲハッキサレマスコトヲゴキタイモウシアゲマス　○ホンジツノセミナーゴカイサイヲココロヨリオイワイモウシアゲマス　センセイノマスマスノゴハッテントゴケンショウヲオイノリモウシアゲマス　○コノタビノニュウカクマコトニオメデトウゴザイマス　コノカガヤクエイヨヲココロヨリオイワイモウシアゲマス　○オジョウサマノゴケッコンオメデトウゴザイマス　シンロウシンプノスエナガイオシアワセトゴリョウケノゴハッテンヲココロヨリオイノリモウシアゲマス　○オマゴサマノゴタンジョウオメデトウゴザイマス　オスコヤカナゴセイチョウヲオイノリモウシアゲマス○オトウサマ　カンレキノオイワイヲモウシアゲマス　コレカラモオゲンキデナガイキシテクダサイ　○ナガネンノゴコウセキニタイスルハエアルゴジョクンココロカラオイワイモウシアゲマス　○ゴタイインオメデトウゴザイマス　イチニチモハヤイフッキヲココロカラオマチシテオリマス　○サイニュウインサレタトキキアンジテオリマス　イチニチモハヤイゴカイフクヲココロカラオイノリシテオリマス　○ゴセイキョヲイタミツツシンデオクヤミモウシアゲマストトモニココロカラゴメイフクヲオイノリイタシマス　○ゴシュツバオメデトウゴザイマス　ゼヒトモゴトウセンノウエオジイサマノヨウニセイジカトシテオオキクセイチョウサレマスヨウゴキタイモウシアゲマス

内緒

学校へ向かう途中で橋を渡る。その橋の上から川を見下ろすと、流れの真中《まんなか》に大きな石が見える。あたしは、遅刻しそうになって急いでいるときだって、必ず橋の欄干から身をのりだしてその石を見る。それがあたしだけの秘密の習慣だ。いつからか思い出せないけれど、とにかく必ず石を見る。

石は、おむすびみたいな三角の大きな頭を川から突き出している。そうして、緑と青を混ぜたような不思議な色をして濡れたみたいに光っている。けど、濡れているわけじゃない。流れに浸かっている部分はたしかに濡れているけれど、川から突き出たところは乾いている。それなのに、濡れているように見える。表面がすべすべしているせいなのかもしれない。素敵な石だ。

あたしは、あの石を見るとなぜか安心する。そうして、今日も頑張ろうって思える。大きく、どっしりとしているのでそう思うのだろう。去年、大水が出たときも、あの石はびくともしなかった。あの日は一晩中、川が雷みたいにごろごろと音を立てていた。あたしは、次の朝、心配になって見に行った。けれど、あの石は増水した川の中から少しだけ頭を出してそこにあった。大きな石でもほかのは、ぶつかり合ってみんな流されてしまったけれど、あの石だけはびくともしなかった。そのとき、やっぱり、って思った。あの石はやっぱり特別な石なんだって……。

今日は父兄参観日だった。なんで「父兄」なんだろう。お父さんの来ている家《うち》もあったけど、お兄さんなんて来やしないのに。あたしのところは、もちろんお母さんが来てくれた。あたしン家《ち》は、お父さんがいないのだから当たり前だけど、ほかの家だって、お母さんが来ているところも多いんだから、「父兄」っていうのは変だと思う。

お母さんは、忙しいのに仕事を休んで来てくれた。そうして夜には、久しぶりにふたりで外食した。あたしの好きなラーメン屋さんだった。

「おいしいね」

「そうかい」

「今日はありがと」

「どうして」

「参観日だからって、無理して来なくてもいいんだよ」

「無理なんてしてないよ」

「……ならいいけど」

「ほんと。これおいしいね」

あたしは明日もやっぱり橋の上からあの石を見るだろう。いまはお母さんには内緒にしてるけど、いつか会わせてあげようと思っている。

さかさ

ぼくはさか上がりが出きない。

なんどやっても出きたためしがない。とうちゃんがこうえんでじかんをかけておしえてくれるけれど、やっぱり出きない。とうちゃんのざんねんそうなかおを見ると、ぼくもざんねんにおもう。さか上がりが出きないのはぼくのせいなのに、とうちゃんがかなしむのを見るのはいやだ。さか上がりが出きないと、じぶんがだ目なやつなんだという気がする。だから、なるべくさか上がりなんかしたくない。

ときどきぼくはかんがえる。よの中がさかさまになればいいのにって。さか上がりが出きることがれいてんのよの中になれば、ぼくだってもうさか上がりのれんしゅうなんてしなくてすむ。そうなれば、とうちゃんもかなしまない。だから、ぼくはときどきてつぼうにさかさまにぶら下がって、よの中を見る。そうして、ぶら下がりながらさかさまのよの中をかんがえるのがすきだ。さかさまのよの中はたのしい。

さかさまのよの中は、よいことがわるいことで、本とうがうそになる。だから、さか上がりはもちろん、べんきょうだって、出きるほうがわるいことで、出きないほうが百てんだ。とうちゃんのあのざんねんそうなかおもうそで、本とうはとうちゃんはよろこんでいる。よの中がさかさまになれば、いいことだらけだ。けど、てつぼうから下りてしまうと、よの中はまたもとにもどる。さか上がりが出きないのがだ目なよの中になる。ぼくはそれがいやだから、いつまでもてつぼうにぶら下がっていたい。

ぼくはさか上がりが出きない。

とうちゃんはもうあきらめたみたいだ。ぼくをこうえんにはつれていかなくなった。ぼくは、すこしさびしいけれど、すこしほっとしている。

ぼくはさか上がりが出きない。

けれど、それはちがうんだ。ぼくが出きないのじゃなくて、出きないのがぼくなんだ。ぼくはとりみたいにはとべないけど、とべないのがぼくなんだ。だから、そんなふうにとうちゃんがぼくのことを見てくれればいいのにっておもう。

ぼくはさか上がりが出きない。

さか上がりが出きないぼくにだって、出きることはほかにたくさんあるんだ。だから、ぼくはさか上がりが出きないけれど、さか上がりが出きないというぼくをみとめてください。

五十億年

海のない内陸の山奥にも海につながる川がある。その川の水、一滴一滴が海になるのも理解できる。その海が陽の熱に炙《あぶ》られて蒸発し、山に雨をもたらすのだって知っている。山に滲み込んだ雨は、永い時を経て湧き出もしよう。それがまた海へと注がれる。

夜になると星はまたたく。その光りは何億年も昔の光りだ。現在《いま》その星が在るかどうかは分からない。あまりに遠くて、光りが届くのが遅いからだという。それでも見えている星は、そのほとんどがこの地球《ほし》の浮かぶ銀河のものだ。そうした銀河はほかにも無数にあって、だが、あまりに遠いので個個の星は見えないらしい。

自然を、宇宙を考えると妙な気分になる。それらはあまりに大きすぎる。そして、それらに比べて、じぶんはあまりに小さすぎる。だから、知識として知ってはいても、感覚としてうまく処理できない。それで、妙な気分になる。

「太陽にお水をかけたら火が消えちゃうの？」

「それくらいで消えやしないさ」

「でも焚き火だったら消えるでしょ」

「太陽は焚き火とはちがうよ」

「じゃあずっと消えないの？」

「いや、それは太陽だっていつかは――」

「いつ？」

「まだ、ずいぶん先のことだ」

「どれくらい？」

知らないので調べてから、後日、教えてやった。

「太陽が消えるのは五十億年も先のことだよ」

「五十おくねん？」

「ああ」

「それって、ながい？」

「永いさ」

「どれくらい？」

「……」

そうして、考え込んでしまった。果たして、五十億年は、ほんとうに永いのだろうか。宇宙からすれば、ほんの束の間でしかないのではないか。比べて、じぶんの人生は、永いだろうか、短いだろうか。そもそも、太陽のごとく燃え尽きるほどに照っているのか。妙な気分である。

盥

四方を山にまん丸く囲まれたその聚落《むら》では、こどもを名で呼ばない。むろん、それぞれのこどもには、親の付けたそれぞれの名がある。だが、その聚落では、こどもはみんな「こども」とし か呼ばれない。こどものほうでも「こども」とだけ呼ばれて、それで不思議がる者はいない。その聚落では、こどもは昔から「こども」なのだ。

「おい、こども。何をして遊んどるだあ」

「かえるをとってるの」

「蛙をとってどうする」

「皮を剝いで肉にしてざりがにを釣るんだよ」

「考えたな。それで、釣ったざりがにはどうする?」

「釣ったざりがにはねえ」別のこどもがいった。「肉にして、それでまたざりがにを釣るんだ」

「ほう」

「ざりがにの肉は透明なんだよ」

「透明か」

「うん。透きとおってるんだよ」

その聚落では、こどもを大事にする。こどもの面倒をよく見る。こどもを養育するのは親の仕事であるが、その聚落では、すべてのおとなが、いわばすべてのこどもの親みたいなものだ。おとなは、いつだってこどものそばにいる。貧しくとも、こどもを他人《ひと》に預けて稼ぎに出る親はいない。

その聚落では、こどもはまだ、にんげんとして一端《いっぱし》の扱いはされない。だから、個人としての相当の権利も与えられない。よって、こどもに個人の主張はゆるされない。

その聚落では、おとなのいうことは、こどもにとって絶対である。だが、それゆえかえって、こどもはおとなの完全なる庇護の下《もと》にある。おとなは命をかけてこどもを守る。こどものほうでも、こどもなりにそれが分かっているから、おとなに逆らうことはない。だから、こどもはみんな安心して暮らしている。

「ただいま」

「まあ、こんなに獲ってきて。これ、どうするの？」

「飼うんだよ」

こどもは、納屋から大きな盥《たらい》を持ちだしてきて、その中にざりがにを放した。そうして、命を養うことの喜びに目を輝かせながら、いつまでも盥の中を覗き込んでいた。

盥の中のざりがにのごとく、こどももまた、透きとおった肉をもっている。

心算

とりとめのない夢だか幻だか、さながら境もつかない非現実のなかで暮らしているのではないかと思うことが一再ならずある。特にどうという感慨もなしにふだんどおりに暮らしている時、すーっとそうした想念がなんとはなしに浮かんで、いったんそうなれば、これもまた良しとばかりにしばらくはその感覚へ身を委ねている。

じっさい、今生きて在る現実が、いわゆる現に事実として存するものであるか否か、それは誰にも分からないはずだ。現実やそれを秩序立てる時間は、大いなる錯覚であるかも知れぬのであって、そもそも、そんなものは不確かなもので、何ら根拠がないのではないか……。そうした気分は幼い頃からあった。

今にして思えば、学校に上がる前だったか、じぶんの周りにいるおとな――父や母や祖父や祖母は得体の知れない宇宙人か何かであって、じぶんひとりだけが真当《まっとう》なにんげんなのだという思いに耽《ふけ》ることがしばしばあった。それは、幼いもののよくする、現実は夢のごとき虚構であるとした、他愛無い想念の遊びでしかなかったとは思う。存在の不安などという大そうな理屈でなく、そこには甘ったれた淋しさがあるだけで、当時、恐怖はまるで覚えなかった。ただ、善いも悪いもなく、世界はそういうものなのだという諦観めいた納得があったように思う。そして、空想とは疑わず、それこそがほんとうなのだと信ずる向きがあったように思う。その気分は今もつづいている。雨に濡れた緑の深い森を見て、そう思う。晴れた日の畑の隅に立って莨《たばこ》を吹かし、そう感じる。現実性《リアリテ》などというのは頼りのない嘘っぱちであると……。

もう永年親しんでいるせいもあって、そうした想いは、今やじぶんにとって心休まる友人のごときものだ。ときに、不甲斐無いじぶんを慰めてくれる妙薬といってもいい。どう転んだところで、幻のなかで喘《あえ》いでも仕方のないことなのだ。

「今年も炭焼きするのかね？」

「ああ。するつもりだよ」

「しても儲からねえだに」

「ああ。儲からないよ」

「それでいいだか」

「いいさ」

「……」

万が一、儲かったところで幻なのだ。儲からなくっても、苦にならない。だから、こっちはやりたいと思ったことをせいぜい遊ぶ心算《しんさん》。そうして、現実が不確かなのだから、どこまでいってもあくまで心算、心で勘定するばかりのことだ。

穴

背中に悪寒のようなものを感じ、ぞっとして振り返ると、死人《しびと》のごとく青い顔をして立っていた。その彼が、にやりと嗤《わら》ってそれを差しだした。

じぶんは、なんとなく考えもなしに受けとった。

「こいつはいったいなんだい？」

「引導さ」

そういって彼がまたにやりと嗤った。

「インドウ？」

じぶんの掌中《しょうちゅう》には、たしかにそれがあった。

軽いのだか重いのだか判然しない。握るそばから涼しい風が掌《て》の内を吹き抜けるようで、なんだか暗い穴ぼこでも掴まされているような気がする。なんども嗅いでよく知っているはずの匂いがするが、それがなんであったか果たして思い出せない。ぬらぬらして少少湿ってもいるようで、掌《て》のひらがねちゃねちゃする。

じぶんは、こんなわけのわからないものを持っていると、そのうち面倒なことになるような気がしだして、こいつを彼に返すことに決めた。

だが、彼はどうあっても受けとらない。例のごとくにやつきながら、ぬらりくらりと躱《かわ》して、埒《らち》が明かない。じぶんは、いくぶん声を荒げるようにして彼に宣言した。

「どうあってもこいつは返す」

「駄目だね」

「駄目でも返す」

「駄目なものは駄目だね」

「いいから受けとれ」

するとと彼は、

「あんたは死んだのだから」と急に尖った声をだした。「そいつはもう返せないよ」

いわれてみれば、じぶんはたしかに死んだような気もする。つい今しがた死んだばかりであるといった事実が、自覚されるような心持がする。だが、ほんとうにそうであればいよいよ面倒である。なので、じぶんはそんなことはないと彼にきっぱり断った。

「知ってるくせに」

彼がつぶやいて、またにやりと嗤った。

それで、ようやく分かった。

じぶんは、たしかに、知っている……。

玄境

ここはどうあっても殺さねばならぬ。己《おの》れを殺してこそ、その先の玄境にも達せようというもの。それは分かっている。だからこうして座っている。座りつづけて滅しようとしている。

——何を滅する。

——己れを。

——其奴《そやつ》は何処におる。

——ここに座っておる。

——痴《し》れたことを。

——なにお。

——貴様のいう玄境とは。

——知らぬ。

——貴様は知らぬものを摑もうとしておるのか。

——そうだ。

——白痴《たわ》け。

——だったらどうした。

――喝《かっ》！

和尚の警策《きょうさく》が肩に食い込む。禅堂に響きわたった音が、たちどころに静寂へと吸い込まれた。

明日は戦地へ赴く。もう時間がない。どうあっても今日じゅうに己れを殺して玄境に入《い》る。己れはどこだ。出て来い。だが、いっこう彼奴《きゃつ》は姿を見せない。ただ静かだ。静けさが肚《はら》に堪える。

――己れも探せぬ愚か者よ。

――己れと相見《あいまみ》えよ。

――己れと相見え、果てよ。

――目下《もっか》は、貴様の薨《みまか》るにうってつけの日じゃ。

――如何に、如何に。

――喝！

こんどの戦《いくさ》に出れば生きてはもどれぬ。仲間も大方は死ぬであろう。死ぬと分かっていて出ねばならぬ戦もある。それが分かっていてなにゆえ迷う。いまさら迷うてなんになる。己れをここへ引きずりだして見事に殺してみせる。不生不滅の世界に座して、屹度《きっと》討ち取ってみせる。

夜が明けた。禅堂の外で暁烏《あけがらす》が啼《な》いた。

声の浄らなること鏡の如し。

嗚呼、烏は己れであった。己れは烏であった……。

六文銭

目の前を掠《かす》め過ぎたと思いきや、くるりと踵《きびす》を返してもどってきた。見れば、数年前にふっつりと消息の絶えたあの男である。久しぶりじゃないか、と声をかけたら、男は足も止めずに、たいへんだあ、と大汗をかきながら、向こうへ走り去った。

いつもながら忙《せわ》しい男である。男が急に姿を消したとき、おそらく借金でも作《こさ》えて逃げたのだろうと聚落《むら》の者たちは噂した。独り身の、気の小さい真面目な男で、いつもなにかと忙《いそが》しがっていた。それが今は、どういうわけだかこの河原を走りまわっている。もどってきたので、走る男の肘を摑んで訊いてみた。

「待ちなよ。いったいどうしたっていうんだい？」

「たいへんだあ」男が泣きそうな目をしていった。「川が渡れねえ」

見ると、河原を流れる川のそばに、なにやら立て札が刺さっている。人だかりのできているその札の前へ、男とふたりで近づいた。

――これより警戒区域につき、何人《なんぴと》も入るべからず

「なんだいこりゃ？」

すると、そばで立て札を眺めていた見知らぬ老婆が、親切に教えてくれた。我利我利亡者どもの再稼動させた原発が、相次ぐ天災で噴き飛び、ついには向こう岸の世界まで放射能に汚染されてしまったのだという。

「それで警戒区域ってわけか……」

「莫迦《ばか》な話だわ」老婆が深いためいきをついた。「三途《さんず》の川が渡れねえだもの、化けてでるしかもう往《ゆ》くところがねえだわい」

「三途の川？」

じぶんは、そこで気がついた。そういえば、じぶんはこのところ病《やま》いを患っていた。これが三途の川ならば、ここは賽の河原にちがいない。さすれば、じぶんはついに死んだものとみえる。これで合点《がてん》がいった。

「おまえさんも死んでいたんだね」

男は世を憂《うれ》い、ひとり山奥で首を縊《くく》った事実を打ち明けた。

「けど、あれからずっとこのざまだ。いくらこいつを持ってたってあの世にさえいけねえ……」

男はそういって、握りしめていた拳をひらいてみせた。男の掌《て》のひらの上で、六文銭が汗をかいている。

あとがき

朝、目覚めると腹がすいている。なので、空腹を満たさんがため、朝飯を食う。じぶんにとって、小説を書く行為はこれとよく似ています。漫然と日を送っていると、次第にひもじさのごとき不満足が募ってくる。その空腹感が耐え難くなったとき、小説を書く。書けば、なにやら満たされるような心地を得ることができます。頭の中に汗をかいて言葉を連ねてゆくのは、じっさい難儀なことですが、そうしなければ腹が減るのだから仕方がありません。

とまれ、小説を書くには暇がいります。日中はたいてい野外をうろつきまわっているからそうした時間はとれません。ならば夜かといえば、そうもいきません。夜は夜でお酒を飲まねばなりません。となると、朝しかありません。ここに収録したものもすべて朝書きました。暗いうちに起きだして書く。そうして、書き終えて満足し、飯を食う。むろん、なかなか書けない日もあります。といって、書き終えぬまま、中途半端な心持を抱えて食う飯はうまくありません。だから、本書の短い小説たちは、うまい朝飯にありつかんがため、書き終える必要に迫られて短くなったといえなくもありません。

どうせ短いものを書くならばと、定型を目指しました。俳句や短歌など、短詩型文学における定型は、日本の風土に根ざした独特の美意識が生んだものでしょうから、じぶんにも自ずから親しむところがありました。四季をとらえて書くのも同様、自然の成り行きでした。つまり、これらの小説がこうした型を成したのは、この国に固有の景観や気風を今に残す山里に暮らしているからこそと思います。ことさらたくまずとも、すべて自然のほうで膳立てしてくれました。

さて、この場をお借りして、本書の出版にあたってお世話になった方方にお礼の言葉を述べさせていただきたいと思います。信州の標高一千メートル近い山里にて朝獲りされたこの作物を、全国の店頭に並べるべく商品化してくださいました「コスモの本」の石田伸哉さん。石田さんには、のみならず、素晴らしく美味なるお酒まで御馳走になりました。ありがとうございます。また、前作にひきつづき写真を提供してくれた学生時代からの友、深沢次郎君。カメラマンとしての彼の作品の品の良さは、じぶんの欲するところでもあります。ありがとう。それから、村上顕一さんと海老原拓夫さんの両氏にも、謝意を表したいと思います。ブックデザイナーでもある両氏は、土がついたままの野暮な品を、洗練すべく素敵なパッケージに包んでくださいました。ありがとうございます。

最後に、これらの作物を育ててくれた自然に感謝いたします。すべては、当地、信州の美しい自然の恵みから獲れました。また、先の山仕事の事故で光りを失ったじぶんの片目と、その失明後に始まった耳鳴りにも感謝します。想像力の種となって新たな作物を生んでくれました。今思えば、この怪我もまた、本書のための周到な膳立てであったのだと気付かされます。

鶴岡一生（つるおか　いっせい）

一九六七年、大阪府八尾市生まれ
大阪府立八尾高等学校卒業
早稲田大学社会科学部中退
東京では、さまざまな職種で働きながら自主映画を製作・監督。
二〇〇六年、長野県上田市の標高一〇〇〇メートル近い山奥に家族とともに移住。
炭焼きや農業に従事しながら地元紙にルポや対談、掌編小説を発表。
二〇一〇年、「曼珠沙華」で農民文学賞を受賞。
翌年、短編集「曼珠沙華」をほおずき書籍から刊行。
二〇一二年、炭焼きの山仕事中の事故で左目を失明。

本書は書き下ろしです（うち十五編は「週刊うえだ」掲載分に加筆・修正をおこなったものです）。

まほろば夢譚《むたん》

二〇一三年七月一九日　第一刷発行

著　者　鶴岡一生
発行者　石田伸哉
発売所　株式会社　コスモの本
〒一六七－〇〇五三
東京都杉並区西荻南三－一七－一六
加藤ビル二〇二
TEL　〇三－五三三六－九六六八
FAX　〇三－五三三六－九六七〇

印刷・製本　株式会社シナノパブリッシングプレス

ISBN978-4-86485-007-0 C0093